www.ingramcontent.com/pod-product-compliance
Lightning Source LLC
LaVergne TN
LVHW050816051026
849532LV00008B/2998
9789369082216

نئی زندگی

(بچوں کی کہانیاں)

م۔ع۔ غم

Nayi Zindagi *(Kids Stories)*
by: Meem Ain Gham
Edition: December '2024
Publisher :
Taemeer Publications LLC (Michigan, USA / Hyderabad, India)

ISBN 978-93-6908-221-6

کتاب	:	**نئی زندگی** (بچوں کی کہانیاں)
مصنف	:	**م۔ع۔ غم**
صنف	:	ادب اطفال
ناشر	:	تعمیر پبلی کیشنز (حیدرآباد، انڈیا)
سالِ اشاعت	:	۲۰۲۴ء
صفحات	:	۶۴
سرورق ڈیزائن	:	تعمیر ویب ڈیزائن

فہرست

پیش لفظ

۱۹۶۱ء میں جب میں ہائی اسکول کا طالب علم تھا، میں نے پہلی کہانی لکھی جو بمبئ کے ہفت روزہ 'پائل' میں چھپی۔ بچوں کے لئے پہلی کہانی ۱۹۶۲ء میں لکھی جو 'وہ عورت' کے عنوان سے بچوں کے مقبول ترین رسالے ماہنامہ 'کھلونا' نئ دہلی کے اکتوبر-۱۹۶۲ء کے شمارے میں شائع ہوئی۔ اس کے بعد تعلیم کے ساتھ ساتھ کہانیاں لکھنے کا سلسلہ بھی جاری رہا۔ ہر موضوع پر طبع آزمائی کی۔ اب تک تقریباً ایک سو پچاس کہانیاں ملک کے مختلف رسائل میں شائع ہو چکی ہیں۔

آج بچوں کے لئے لکھنے والے بہت کم رہ گئے ہیں، جب کہ ضرورت اس بات کی ہے کہ بچوں کے لئے معیاری اور دلچسپ ادب زیادہ سے زیادہ تخلیق ہو اور اشاعت کے مرحلے سے گزر کر بچوں تک پہنچے اور ان کے ذہنوں کی نشو ونما کرنے اور ان کے کردار کو بنانے اور سنوارنے میں معاون ثابت ہو۔ زیر نظر کہانیاں اس مقصد کی تکمیل کس حد تک کرتی ہیں، اس کا فیصلہ قارئین ہی کر سکیں گے۔

اس مجموعے میں شامل سبھی کہانیاں ماہنامہ 'کھلونا' میں شائع ہوئی تھیں۔ مصلحتاً ہر کہانی کی اشاعت کا سنہ دے دیا گیا ہے۔ اس میں سے بیشتر کہانیوں کے ترجمے 'پراگ' (ہندی) اور 'پھلواری' (گجراتی) میں شائع ہو چکے ہیں۔

م۔ع۔ غم

مہمند گڑھی، شاہجہاں پور۔ اتر پردیش۔

دھوپ چھاؤں

ڈاکٹر اشرف اور ان کی بیگم سر شام ہی کسی تقریب میں شرکت کرنے چلے گئے تھے اور جاتے جاتے اپنے دونوں بچوں جاوید اور شہناز کو بابا کی نگرانی میں چھوڑ گئے تھے۔

بابا ڈاکٹر اشرف کے گھر کا پرانا ملازم تھا۔ اس کی عمر پچاس کے لگ بھگ ہوگی۔ ڈاکٹر اشرف اسی کے سامنے پیدا ہوئے' اسی کے سامنے پلے بڑھے اور جوان ہوئے۔ وہ اپنے اس بوڑھے ملازم کی بہت عزت کرتے تھے اور اسے خود بھی بابا کہہ کر مخاطب کرتے تھے۔ اس لئے گھر کے دوسرے لوگ اور ملازم بھی اسے بابا ہی کہتے تھے۔

بابا کو دوسرے ملازموں کی طرح الگ کوارٹر میں بھی نہیں رہنا پڑتا تھا۔ وہ ڈاکٹر اشرف کے ساتھ بنگلے کے اندر ہی ایک کمرے میں رہتا تھا۔ اس کے رکھ رکھاؤ سے بھی پتہ نہیں چلتا تھا کہ وہ اس گھر کا ملازم ہے۔ لیکن حقیقت یہی تھی کہ وہ ڈاکٹر اشرف کا ملازم تھا۔ ایک ایسا ملازم جو سارے نوکروں پر حکومت کرتا تھا اور کبھی کبھی اپنے مالک کو بھی اس کی کسی غلطی پر ٹوک دیتا تھا۔

جاوید اور شہناز بابا سے اتنے ہلے ہوئے تھے کہ زیادہ تر کھانا بھی اسی کے ساتھ کھاتے تھے۔ ڈاکٹر اشرف کبھی اس پر اعتراض نہیں کرتے تھے' بلکہ کبھی کبھی تو وہ خود بھی بابا کو اپنے ساتھ کھانے کی میز پر بٹھا لیتے تھے۔

آج ڈاکٹر اشرف اور ان کی بیگم کے جانے کے بعد بابا نے بچوں کے ساتھ کھانا کھایا اور پھر ملازموں کو ان کے کوارٹروں میں بھیج کر جاوید اور شہناز کو اپنے کمرے میں چلا آیا۔ پلنگ پر دونوں بچوں کو اپنے پاس لٹانے کے بعد اس نے پوچھا۔ 'کیوں بچو۔ آج کون سی کہانی سنوگے۔ جل پری کی' دیو کی یا بادشاہ کی؟

"بابا آج کوئی سچی کہانی سنایئے"۔ جاوید بولا۔

"سچی کہانی"۔ بابا بڑبڑایا اور آنکھیں بند کر کے سوچ میں ڈوب گیا۔ تھوڑی دیر بعد اس نے آنکھیں کھولیں اور کہانی سنانا شروع کی۔

نبی پور ایک چھوٹا سا قصبہ تھا۔ اسی قصبے میں شیخ رفعت علی اپنے لڑکے اور ایک ملازم کے ساتھ رہتے تھے۔ لڑکے کی عمر دس سال کے لگ بھگ تھی اور وہ ساتویں درجے میں پڑھ رہا تھا۔ ملازم کوئی تیس سال کا ہوگا۔ اس ملازم کی پرورش شیخ جی نے ہی کی تھی، کیوں کہ اس کے والدین کا اس کے بچپن میں ہی انتقال ہو گیا تھا۔ شیخ جی کی ایک چھوٹی سی کپڑے کی دوکان تھی، جس پر وہ خود بیٹھتے تھے۔ دوکان سے اتنی آمدنی ہو جاتی تھی کہ ان کی گزر اچھی طرح ہو سکتی تھی۔ لیکن اسی قصبے میں ان کے چھوٹے بھائی عنایت علی اپنی بیوی کے ساتھ کرائے کے مکان میں رہتے تھے۔ وہ شیخ جی سے کافی چھوٹے تھے اور بہت غریب تھے۔ ان کی مدد بھی شیخ جی کو کرنی پڑتی تھی، اس لئے وہ کچھ بچا نہیں پاتے تھے۔

جب شیخ جی کافی عمر کو پہنچ گئے اور زیادہ تر بیمار رہنے لگے تو دوکان کی دیکھ بھال اپنے چھوٹے بھائی سے کرانے لگے۔

کچھ دن بعد شیخ جی کا انتقال ہو گیا۔ ان کے مرنے کے بعد بھائی نے بھتیجے کو سہارا دینے کی بجائے بے ایمانی پر کمر باندھ لی اور کسی نہ کسی طرح دوکان پر قبضہ جمالیا۔ اب لڑکے کی ذمہ داری شیخ جی کے ملازم پر آگئی۔ اس نے شیخ جی کا نمک کھایا تھا۔ اب وہ اس کی قیمت ادا کرنا چاہتا تھا۔ اس نے کوشش کی کہ دوکان پر سے عنایت علی کا قبضہ ختم ہو سکے، لیکن اس میں اسے کامیابی نہ ہوئی۔ آخر بڑی پریشانیوں کے بعد اس نے شیخ جی کا چھوڑا ہوا مکان اونے پونے داموں میں فروخت کر دیا اور لڑکے کو لے کر ایک دوسرے شہر چلا آیا۔ یہاں پہنچ کر اس نے ایک چھوٹا سا مکان کرائے پر لیا۔ لڑکے کا نام اسکول میں لکھوا دیا اور خود مکان کے دروازے میں ایک چھوٹی سی کرانے کی دوکان کھول لی۔

دوکان اچھی خاصی چلنے لگی اور دونوں کی گزر آسانی سے ہونے لگی۔ لیکن

قسمت کو کچھ اور ہی منظور تھا۔ ان دنوں شہر میں کسی بات پر فساد ہو گیا۔ فساد کی آگ پورے شہر میں پھیل گئی بڑی مشکل سے مکان کے اندر بند ہو کر ملازم نے اپنی اور لڑکے کی جان بچائی۔ لیکن دوکان لٹنے سے نہ بچ سکی۔

فساد ختم ہو گیا۔ اب ملازم کے پاس اتنی پونجی نہ تھی کہ وہ پھر سے دوکان کھول سکتا۔ لیکن اس نے ہمت نہ ہاری۔ اس نے محنت مزدوری کرنا شروع کر دی۔ کبھی کسی کا سودا بازار سے گھر تک پہنچا دیتا' کبھی لکڑیاں ڈھوتا اور کبھی کوئی دوسری مزدوری کر لیتا۔ اس طرح وہ روزانہ اتنا کمانے لگا کہ دونوں وقت لڑکے کا پیٹ بھرنے کے بعد اس کے پیٹ میں بھی ضروری خوراک پہنچ جاتی تھی۔ کبھی کبھی وہ زیادہ مزدوری کر لیتا اور اس طرح کچھ پیسے بچا بھی لیتا۔

دن گزرتے رہے۔ لڑکا لگن اور شوق کے ساتھ پڑھتا رہا۔ وہ بہت ذہین تھا۔ کچھ برس میں اس نے دسواں درجہ پاس کر لیا' لیکن ملازم نے اس کی پڑھائی ختم نہ کرائی اور اسے آگے پڑھاتا رہا۔ وہ خود بھی تھوڑا پڑھا لکھا تھا اس لئے اسے ایک دفتر میں چپراسی کی نوکری مل گئی تھی۔ اس نوکری میں اسے کوئی زیادہ کام نہیں کرنا پڑتا تھا' چنانچہ وہ چھٹی کے بعد تھوڑی بہت مزدوری بھی کر لیا کرتا تھا۔

ملازم نے اپنے مرحوم مالک کے لڑکے کے لئے اپنی زندگی وقف کر دی تھی۔ وہ ایک وفادار ملازم تھا۔ اس لئے شیخ جی کے لڑکے کو بھی اپنا مالک سمجھتا تھا۔ لڑکا بھی اس کی بہت عزت کرتا تھا اور کبھی کبھی اسے پریشان دیکھ کر خود بھی رونے لگتا تھا' لیکن ملازم اسے دلاسہ دے کر چپ کرا دیتا تھا' اور پھر وہ دونوں آنے والے اچھے دنوں کے خواب دیکھنے لگتے تھے۔

لڑکا ہر جماعت میں اچھے نمبروں سے پاس ہوتا رہا۔ جیسے جیسے اس کے علم میں اضافہ ہوتا جا رہا تھا' ویسے ویسے اس کی عمر بھی بڑھتی جا رہی تھی۔ جب اس نے بارہواں درجہ پاس کیا تو اس کی عمر سولہ سال کے قریب تھی اور ملازم پینتیس سے گزر چکا تھا۔ اب ملازم نے اس کے منع کرنے کے باوجود اسے ڈاکٹری پڑھنے کے لئے ایک دوسرے شہر بھیج دیا اور خود اسے ہر ماہ اس کی ضرورت کے مطابق روپے بھیجنے لگا۔

لڑکے کے خرچ کو پورا کرنے کے لئے اسے بڑی تکلیفیں اٹھانا پڑتی تھیں، لیکن اس کے قدم نہیں ڈگمگائے۔ وہ اپنے ارادے پر اٹل رہا۔

آخر وہ دن بھی آگیا جب شیخ جی کے لڑکے نے ایم۔بی۔بی۔ایس کر لیا۔ ملازم نے اپنے معبود کا لاکھ لاکھ شکر ادا کیا۔

ڈاکٹر ہو جانے کے بعد لڑکے نے ایک دوسرے شہر کے ہسپتال میں ملازمت کر لی۔ اس شہر میں اس نے ایک چھوٹا سا خوب صورت بنگلہ کرائے پر لے لیا۔ اس کے کہنے پر ملازم نے بھی نوکری چھوڑ دی اور اسی کے ساتھ جا کر رہنے لگا۔ وہ اب بھی خود کو لڑکے کا ملازم سمجھتا تھا لیکن لڑکے کا رویہ اس کے ساتھ نوکروں جیسا نہیں تھا۔ وہ اسے اپنا بزرگ سمجھتا تھا اور اسے زیادہ سے زیادہ آرام پہنچانے کی کوشش کرتا تھا۔ اس نے گھر کے کام کاج کے لئے دوسرے ملازم رکھ لئے تھے اور گھر کی ساری ذمہ داری اپنے اس بزرگ ملازم کو سونپ دی تھی۔

اب ان کی زندگی بڑے آرام سے گزرنے لگی۔ قسمت نے ملازم کی محنت اور ایمان داری کا صلہ دے دیا تھا۔

ایک دن شام کو ملازم بازار گیا تو اس نے ایک بوڑھے اور کم زور شخص کو کاغذ کے پھول بیچتے دیکھا۔ اسے بوڑھے کی شکل کچھ جانی پہچانی لگی۔ تھوڑا غور کرنے کے بعد اس نے اسے پہچان لیا۔ وہ اس کے مرحوم مالک شیخ جی کے چھوٹے بھائی عنایت علی تھے۔ عنایت علی کو اس حالت میں دیکھ کر ملازم کو بڑی حیرت ہوئی۔ وہ ان کے پاس گیا اور دھیرے سے بولا' میرے خیال سے آپ نبی پور قصبے کے عنایت علی ہیں۔'

عنایت علی نے چونک کر اس کی طرف دیکھا اور پھر ہکلائے 'تم...... تم کون ہو۔'

' میں وہی بد نصیب ہوں جسے آپ نے اپنے بڑے بھائی شیخ رفعت علی کے معصوم لڑکے کے ساتھ قصبہ چھوڑ کر چلے جانے پر مجبور کر دیا تھا۔'

عنایت علی کے ہاتھوں سے پھول چھوٹ کر زمین پر گر گئے۔

'شیخ جی جو کچھ ہونا تھا ہو گیا۔ اسے بھول جایئے۔ یہ بتایئے کہ آپ اس بری حالت میں کیوں نظر آ رہے ہیں؟' ملازم نے پھول اٹھا کر ان کے ہاتھوں میں دیتے ہوئے کہا۔

'بھئی لمبی کہانی ہے۔ آؤ میرے ساتھ گھر چلو۔ وہاں اطمینان سے باتیں کریں گے۔' عنایت علی نے کہا اور ملازم ان کے ساتھ چل دیا۔

عنایت علی کا مکان ایک تنگ گلی میں واقع تھا۔ مکان ہی کیا تھا' صرف ایک بوسیدہ کوٹھری تھی۔ گھر پہنچ کر انہوں نے پہلے ملازم سے اس کی اور اپنے بھتیجے کی کہانی سنی اور پھر اپنے بارے میں بتانا شروع کیا۔

'تم تو بھائی صاحب کے لڑکے کو لے کر قصبہ چھوڑ کر چلے گئے تھے۔ میں بھائی صاحب کی دوکان پر' جس کو میں نے بے ایمانی سے ہتھیا لیا تھا' بیٹھتا رہا۔ لیکن اس دوکان کی آمدنی مجھے کبھی راس نہ آ سکی۔ بیوی مستقل بیمار رہنے لگی تھی' اس لئے جو روپیہ ہاتھ میں آتا تھا، اس کے علاج پر خرچ ہو جاتا تھا اور مجھے زیادہ تر خالی ہاتھ اور پریشان رہنا پڑتا تھا اکثر مجھے خیال آتا کہ یہ دوکان میں نے ناجائز طریقے سے حاصل کی ہے، اسی لئے مجھے اس کی آمدنی سے فائدہ نہیں ہوتا۔ لیکن یہ خیال زیادہ دیر تک نہ ٹھہرتا۔ کئی سال اسی طرح گزر گئے۔ اب سے دو سال پہلے کی بات ہے میرے گھر میں چوری ہو گئی۔ گھر کی ساری رقم اور بیوی کے زیور جاتے رہے۔ اس کے کچھ روز بعد اچانک بیوی کی بیماری زور پکڑ گئی۔ میں اس کے علاج پر کسی نہ کسی طرح پیسہ خرچ کرتا رہا' لیکن وہ اچھی نہ ہو سکی اور مجھے اکیلا چھوڑ کر چلی گئی۔ ابھی اس کی یاد تازہ ہی تھی کہ ایک دن دوکان میں آگ لگ گئی۔ آگ اتنی شدید تھی کہ دوکان بیٹھ گئی اور اس میں کپڑے کا ایک ٹکڑا بھی نہ بچا۔ اب قصبے میں میری گزر ہونا ناممکن ہو گیا۔ وہاں میں کوئی چھوٹا موٹا کام بھی نہیں کر سکتا تھا۔ مجبوراً مجھے قصبہ چھوڑ دینا پڑا میں یہاں چلا آیا۔ اور اب تم دیکھ ہی رہے ہو......'

عنایت علی خاموش ہو گئے۔ ملازم کی آنکھیں ان کی عبرتناک کہانی سن کر بھیگ گئی تھیں۔ عنایت علی بڑبڑائے' سچ ہے بے ایمانی کی سزا کبھی نہ کبھی ضرور ملتی

ہے،۔

شیخ جی اب ان باتوں کو بھول جایئے اب آپ کو اپنی غلطی کا احساس ہو گیا ہے تو خدا نے بھی آپ کو معاف کر دیا ہو گا،،۔ ملازم بولا" میں کل آپ کے بھتیجے کے ساتھ جو اَب خدا کے فضل سے بڑا آدمی ہو گیا ہے آپ کو لینے آوں گا اور پھر آپ اپنی باقی زندگی ہمارے ساتھ ہی کاٹئے گا۔

ملازم عنایت علی کو بڑی دیر تک تسلی دیتا رہا اور جب وہ رخصت ہو کر چلنے لگا تو کافی رات ہو چکی تھی۔ جب وہ گھر پہنچا تو ڈاکٹر کھانے پر بڑی بےچینی سے اس کا انتظار کر رہے تھے کھانے کے بعد ملازم نے ڈاکٹر عنایت علی کی دکھ بھری کہانی سنائی۔ اسے اپنے چچا کی بدحالی کے بارے میں جان کر بڑا افسوس ہوا۔ وہ انہیں گھر لانے کے لئے فوراً تیار ہو گیا۔

اگلے روز صبح وہ دونوں عنایت علی کے مکان پر پہنچ گئے لیکن کوٹھری میں تالا لٹک رہا تھا۔ انہیں دیکھ کر شخص ان کے پاس آیا اور ملازم کے ہاتھ میں ایک پرچہ دے کر بولا" شیخ عنایت علی نے مجھے آپ کا حلیہ بتایا تھا اور کہا تھا کہ یہ پرچہ آپ کو دے دوں،،۔

ملازم نے پرچہ کھول کر پڑھا اور پھر ایک دم اس کا چہرہ زرد پڑ گیا۔ عنایت علی شہر چھوڑ کر چلے گئے تھے۔ وہ کہاں گئے ہوں گے' اس کے بارے میں انہوں نے کچھ نہیں لکھا تھا۔ صرف اتنا کہا تھا کہ وہ اپنی غلطیوں پر شرمندہ ہیں اور اب اپنے اندر اتنی ہمت نہیں پاتے کہ اپنے بھتیجے کا سامنا کر سکیں۔ ملازم اور ان کا بھتیجہ انھیں معاف کر دیں اور دعا کریں کہ خدا بھی ان کے گناہوں کو بخش دے۔

ملازم نے پرچہ ڈاکٹر کی طرف بڑھا دیا۔ اس نے پرچہ پڑھا اور پھر سر اٹھا کر ملازم کی طرف دیکھا۔ وہ بھی ڈاکٹر کی طرف دیکھ رہا تھا۔ ایک دوسرے سے کچھ بولے بغیر دونوں اداس اداس واپسی کے لئے مڑ گئے۔

اس واقعہ کے بعد کافی عرصہ تک ڈاکٹر بہت اداس رہے اور پھر انہوں نے ملازم کے مشورے سے ایک اچھے خاندان کی لڑکی سے شادی کر لی اور خوش و خرّم

زندگی گزارنے لگے۔

بابا کہانی سنا کر چپ ہوا تو ننھی شہناز اونگھنے لگی تھی لیکن جاوید پوری طرح ہوشیار تھا اور بڑے غور سے کہانی سن رہا تھا۔ بابا خاموش ہو گیا تو وہ بولا' بابا ڈیڈی بھی تو ڈاکٹر ہیں۔'

'ہوں اوں' بابا بولا ' اچھا اب سو جاؤ۔ بہت رات ہو گئی ہے۔

جاوید بابا سے لپٹ گیا اور بابا نے اسے زور سے بھینچ لیا۔ اس وقت اسے ایسا محسوس ہو رہا تھا جیسے اس کی بغل میں جاوید نہ ہو بلکہ ڈاکٹر اشرف پھر سے بچہ بن گئے ہوں اور وہ ان کے ساتھ مل کر آنے والے دنوں کے سنہرے خوابوں میں کھویا ہوا ہو۔

(۱۹۶۶)

خطا اور انعام

سردیوں کے آخر کا زمانہ تھا۔ صبح ہونے میں تھوڑی ہی دیر باقی تھی۔ موہن اور سلیم لحاف اوڑھے، پلنگ کے تکیئے سے ٹکے سال بھر کے حل کیے ہوئے سوالوں پر جلدی جلدی ایک نظر ڈال رہے تھے۔ دونوں ہائی اسکول میں پڑھتے تھے۔ آج سے ان کا سالانہ امتحان شروع ہو رہا تھا۔ پہلا پرچہ حساب کا تھا۔

اتنے میں کمرے کے کلاک نے ساڑھے پانچ کا گھنٹہ بجایا۔ اسی وقت محلے کی مسجد سے فجر کی آواز سنائی دی۔

"چلو بھئی نکلو کمرے سے۔،، سلیم نے انگڑائی لیتے ہوئے کہا۔" نہیں تو ابھی کاکی ڈانٹتی ہوئی آ جائیں گی۔،،

" سلیم مجھے بخار محسوس ہو رہا ہے۔،، موہن نے کاپیاں اور کتابیں بند کرتے ہوئے کہا۔

" امتحان کا بخار تو نہیں ہے۔،، سلیم نے مسکراتے ہوئے موہن کی کلائی تھامی، پھر چونک کر بولا۔ "ارے تمہیں تو واقعی حرارت ہے۔،،

" نالائقو، کیا آج عبادت کو جانے کا ارادہ نہیں ہے۔،، کاکی چنگھاڑتی ہوئی کمرے میں داخل ہوئیں۔ "مسجد میں اذان ہو چکی ہے،

مندر کا گھنٹہ بج رہا ہے اور تم دونوں ابھی تک بستر میں پڑے ہوئے ہو۔،،

"کاکی ہم اٹھنے ہی والے تھے۔،، سلیم نے جلدی سے پلنگ سے اترتے ہوئے کہا۔ " موہن کو ہلکا ہلکا بخار ہو گیا ہے۔،،

" دیکھوں۔،، کاکی نے موہن کی پیشانی کو چھوا، پھر بولیں۔ "کوئی خاص بات نہیں۔ زیادہ پڑھنے سے تھکن ہو گئی ہے۔ نہا دھو کر مندر جاؤ۔ ناشتہ کرنے کے بعد طبیعت سنبھل جائے گی۔،،

سلیم اور موہن کمرے سے نکلے اور جلدی جلدی تیار ہو کر مکان کے باہر آ گئے۔ مسجد اور مندر ایک ہی سمت میں تھے۔ مسجد مندر سے تھوڑی آگے تھی۔ موہن کو روز کی طرح مندر کے پاس چھوڑ کر سلیم مسجد کی طرف بڑھ گیا۔ تھوڑی دیر کے بعد وہ نماز پڑھ کر لوٹا اور مندر کے پاس رک کر ادھر ادھر دیکھنے لگا، لیکن اسے موہن نہیں دکھائی دیا۔ سلیم کو حیرت ہوئی، کیوں کہ جب وہ مسجد سے لوٹتا تھا تو موہن اس کو مندر کے باہر ہی مل جاتا تھا اور دونوں ساتھ ساتھ مل کر گھر واپس آتے تھے۔ سلیم نے مندر کے پجاری جی سے پوچھا لیکن انہوں نے بتایا کہ موہن مندر سے جا چکا ہے۔ سلیم تیز تیز قدموں سے گھر کی جانب چل دیا۔ جب وہ مکان میں داخل ہوا تو کاکی بے چینی سے آنگن میں ٹہل رہی تھیں۔

"کاکی کیا موہن پوجا کر کے واپس آ گیا؟'' سلیم نے پوچھا۔

" بیٹے سلیم موہن کا بخار زور پکڑ گیا ہے۔ وہ کمرے میں بے ہوشی کی حالت

میں پڑا ہے۔،، کاکی نے پریشانی کے ساتھ کہا۔ "امتحان کا وقت ہو گیا ہے موہن اب امتحان نہیں دے پائے گا۔ تم جلدی سے ناشتہ کر کے اسکول جاؤ۔ راستے میں ڈاکٹر رحمان کا گھر پڑے گا۔ ان سے کہتے جانا کہ فوراً آکر موہن کو دیکھ جائیں۔،،

" میں ابھی ڈاکٹر صاحب کو لے کر آتا ہوں۔،، سلیم دروازے کی طرف لپکا۔

"ٹھہرو سلیم۔،، کاکی نے کہا۔ "اگر تم ڈاکٹر صاحب کے ساتھ واپس آئے تو تم بھی وقت پر اسکول نہ پہنچ سکو گے۔ سوا چھ بجے ہیں۔ سات بجے سے پرچہ ہوگا، نہیں تم امتحان دینے کے لئے تیار ہو کر جاؤ۔ جاتے جاتے ڈاکٹر رحمان کو فوراً پہنچنے کی تاکید کرتے جانا۔''

"لیکن کاکی میں موہن کے بغیر امتحان دینے کیسے چلا جاؤں؟ اسکول کے لڑکے کیا کہیں گے؟ آج تک ہم دونوں ایک دوسرے کے بغیر اسکول نہیں گئے۔'' سلیم نے پریشانی کے لہجے میں کہا۔

"بکو مت۔'' کاکی نے سختی سے کہا۔ " موہن کا سال برباد ہو رہا ہے تو تمہارا کیوں ہو۔ خاموشی سے امتحان دینے جاؤ۔''

مجبوراً سلیم کمرے میں گیا۔ موہن پلنگ پر غافل پڑا تھا۔ ایک لمحے تک سلیم اس کو دیکھتا رہا۔ اس کی آنکھیں ڈبڈبا گئیں۔ اس نے جلدی جلدی کپڑے تبدیل کئے، قلم جیب میں لگایا اور تیزی سے کمرے سے نکل کر مکان کے باہر آگیا۔

سلیم ایک بڑے گھرانے کا لڑکا تھا۔ وہ چھ سات برس کا ہی تھا کہ پہلے اس کے باپ اور پھر ماں کا انتقال ہو گیا تھا۔ اس کی والدہ اور کاکی کے تعلقات سگی بہنوں جیسے تھے۔ مرتے وقت سلیم کی والدہ نے سلیم کو کاکی کے سپرد کر دیا تھا۔ سلیم کے والدین نے اپنے پیچھے کافی روپیہ چھوڑا تھا۔ لیکن کاکی نے اس میں سے ایک پیسہ بھی خرچ نہیں کیا تھا۔ سارے کا سارا روپیہ سلیم کے نام بینک میں جمع کرا دیا تھا اور اس کی پرورش خود کر رہی تھیں۔ انہوں نے کبھی سلیم کو اپنے بیٹے موہن سے کم نہیں سمجھا تھا۔ موہن کے والد بھی اس دنیا میں نہیں تھے۔ لیکن جائداد کافی تھی اس لئے زندگی

بڑے آرام سے گزر رہی تھی۔

سلیم واپس گھر آیا تو ساڑھے دس بج چکے تھے۔ ڈاکٹر رحمان موہن کو دیکھ گئے تھے اور انہوں نے اپنے کمپاؤنڈر کے ہاتھ دوا بھی بھجوادی تھی۔ موہن کو ہوش آ چکا تھا اور اب اس کی طبیعت کچھ بہتر تھی۔ سلیم خاموشی سے اس کے پاس جاکر بیٹھ گیا۔ تھوڑی دیر موہن سلیم کو مضمحل انداز میں دیکھتا رہا اور سلیم سر جھکائے بیٹھا رہا۔

"کہو سلیم پرچہ کیسا ہوا؟'' آخر موہن نے پوچھا۔

"موہن۔'' سلیم سسک پڑا۔

"سلیم بیٹے۔'' کاکی کمرے میں داخل ہوئیں۔ "چلو کھانا کھالو۔ صبح بھی تم ناشتہ کئے بغیر چلے گئے تھے۔''

"کاکی مجھے بھوک نہیں ہے۔'' سلیم نے افسردہ آواز میں کہا۔

"جاؤ سلیم کھانا کھالو۔ جی کڑھانے سے کوئی فائدہ نہیں۔'' موہن نے کہا۔ "ابھی حساب کا ایک ہی پرچہ ہوا ہے۔ اگر میں کل سے امتحان دینے کے قابل ہو گیا تو بھی پاس ہو جاؤں گا۔

یہ بات واقعی سچی تھی۔ موہن اور سلیم پڑھنے میں بہت تیز تھے۔ اسکول کے سب ماسٹروں کو امید تھی کہ ہائی اسکول میں دونوں اول آئیں گے، لیکن بد قسمتی سے موہن کو بخار نے آ پکڑا۔ سلیم کو اس کا یقین تھا کہ اگر موہن نے باقی پرچے کئے تو وہ پاس ہو جائے گا لیکن اسے اس کا بہت ملال تھا کہ اب موہن کی فرسٹ ڈویژن آنا مشکل ہو گئی تھی۔ افسوس اس بات کا موہن کو بھی تھا، لیکن وہ یہ سوچ کر خوش تھا کہ کم سے کم سلیم تو فرسٹ آ ہی جائے گا۔

شام کو سلیم ڈاکٹر رحمان سے رات کے لئے موہن کی دوا لینے گیا۔ واپس آیا تو اس کے ساتھ اس کے کلاس ماسٹر شنکر لال جی بھی تھے۔ ماسٹر صاحب موہن کے مرحوم والد کے دوست تھے اور سلیم اور موہن سے بے حد محبت کرتے تھے۔ وہ کافی

دیر تک موہن کے پاس بیٹھے رہے اور اس کو تسلی دیتے رہے۔

اگلی صبح تک موہن کی طبیعت بالکل ٹھیک ہو گئی، صرف کمزوری باقی رہ گئی۔ سلیم اسے بائیسکل پر اسکول لے گیا۔جب دونوں پرچہ کر کے لوٹے تو کاکی نے دیکھا کہ ان کے چہرے اترے ہوئے تھے۔

"کیا بات ہے لڑکو؟ کیا پرچہ خراب ہو گیا؟" کاکی نے پوچھا۔

"نہیں کاکی پرچہ اچھا ہوا ہے۔ ہم لوگ تھک گئے ہیں۔" سلیم نے جواب دیا۔

کاکی خاموش رہ گئیں۔ لیکن شام تک وہ یہ بات اچھی طرح بھانپ گئیں کہ موہن اور سلیم ایک دوسرے سے گھلے ملے ضرور نظر آرہے تھے لیکن ان کے درمیان ایک ہلکا سا تناؤ بھی تھا۔ دونوں کسی بات کو چھپانے کی کوشش کر رہے تھے۔ کاکی نے ان سے کئی بار پوچھا لیکن وہ یہ کہہ کر ٹال گئے کہ کاکی کو غلط فہمی ہوئی ہے۔ پھر بھی کاکی کو اطمینان نہ ہو سکا۔ اسکول کافی دور تھا اور آس پاس کا کوئی دوسرا لڑکا بھی اسکول نہیں جاتا تھا، جس سے کچھ معلوم ہو سکتا۔

امتحان ختم ہو گیا۔ کچھ دن کے بعد کاکی کو اس بات کا گمان بھی نہ رہا کہ موہن اور سلیم میں کسی بات پر رنجش ہو سکتی ہے۔ لیکن یہ حقیقت تھی کہ اکثر موہن کچھ سوچ کر گم صم ہو جاتا تھا۔ سلیم اسے بہلانے کی کوشش کرتا تو موہن اسے جھڑک دیتا۔

دن تیزی کے ساتھ گزرنے لگے۔ آخر وہ شام بھی آگئی جب موہن اور سلیم کا نتیجہ آنے والا تھا۔ موہن اور سلیم نتیجہ دیکھنے کے لئے تیاری کر ہی رہے تھے کہ کسی نے دروازے پر دستک دی۔ وہ دونوں باہر آگئے۔ دروازے پر ماسٹر شنکر لال جی کھڑے تھے۔ دونوں نے انہیں سلام کیا۔

"تم لوگ شاید نتیجہ دیکھنے جا رہے تھے۔" ماسٹر صاحب نے سلام کا جواب دے کر کہا۔ "اتفاق سے تمھارا نتیجہ دوپہر کی گاڑی سے ہی آگیا تھا۔ امید کے خلاف تم

دونوں نے ہائی اسکول فرسٹ ڈویژن سے پاس کیا ہے۔''

ماسٹر صاحب نے جیب سے اخبار نکال کر انہیں دکھایا۔ موہن اور سلیم خوشی سے اچھل پڑے۔ دونوں دوڑتے ہوئے گھر میں گئے اور کاکی کو یہ خوش خبری سنائی۔ پھر انہوں نے ماسٹر صاحب کو بیٹھک میں بٹھا کر ان کا مونہہ میٹھا کرلیا۔ کاکی بھی بیٹھک میں آگئیں۔

''بہن جی، میں اس وقت ایک راز پر سے پردہ اٹھانا چاہتا ہوں۔'' ماسٹر صاحب نے کاکی سے کہا۔ موہن اور سلیم بغلیں جھانکنے لگے۔ ماسٹر صاحب بولے۔ ''یہ راز آپ کو اسی دن معلوم ہو جاتا جب موہن بیماری کی وجہ سے امتحان دینے نہیں جا سکا تھا۔ لیکن اتفاق سے سلیم مجھ کو راستے میں مل گیا اور اس نے مجھ سے اس راز کو راز ہی رکھنے کی درخواست کی، کیوں کہ اصلی بات جان کر آپ کو یقیناً تکلیف ہوتی۔''

''لیکن بات کیا ہے ماسٹر صاحب؟'' کاکی نے بے چینی سے پوچھا۔

''جس دن موہن امتحان دینے نہ جا سکا تھا، اس دن سلیم بھی امتحان میں شریک نہیں ہوا تھا۔''

''ایں۔'' کاکی حیران رہ گئیں۔

حالانکہ امتحان نہ دینا سلیم کی غلطی تھی اور آپ کا حکم نہ ماننا اس کا جرم۔ لیکن یہ غلطی یا جرم اس محبّت کا کھلا ثبوت ہے جو سلیم کو موہن کے ساتھ ہے۔'' ماسٹر صاحب نے کہا۔ ''میں سفارش کروں گا کہ آپ سلیم کو معاف کر دیں۔''

''سلیم میرے بیٹے۔'' کاکی کی آواز میں خوشی کے آنسو مچل گئے۔

''اور یہ رہا سلیم اور موہن تمہارا انعام۔'' ماسٹر صاحب نے اپنی جیب سے دو خوب صورت فاؤنٹین پین نکالے اور دونوں کو ایک ایک دے کر بولے۔ ''میری دعا ہے کہ زندگی کے کٹھن سے کٹھن امتحان میں بھی تمہاری محبت اسی طرح برقرار رہے۔''

''موہن اب تم بھی مجھے معاف کر دو۔'' سلیم نے دھیمی آواز میں موہن سے کہا اور موہن اسے بھینچ کر رو پڑا۔

(۱۹۶۷)

عقلمند مسافر

دن ڈھلنے ہی کو تھا۔ ایک ادھیڑ عمر کا مسافر ایک سنسان سڑک پر چلا جا رہا تھا۔ وہ چھوٹی موری کا پاجامہ اور کرتا پہنے ہوئے تھا۔ آنکھوں پر عینک لگی ہوئی تھی اور ہاتھ میں ایک تھیلا تھا۔ اچانک آسمان پر بادل گھر آئے۔ پھر ہوا کا ایک زوردار جھونکا آیا، اور اس کے ساتھ پانی کی کچھ بوندیں مسافر کے چہرے سے ٹکرائیں۔ مسافر نے سر اٹھا کر اوپر دیکھا۔ اسی وقت بادلوں نے موسلا دھار پانی اگلنا شروع کر دیا۔ مسافر بوکھلا گیا۔ آس پاس کوئی ایسی جگہ نہ تھی جہاں رک کر وہ بارش سے بچ سکتا۔ اس نے دوڑنا شروع کر دیا۔

گھنگھور گھٹاؤں کی وجہ سے دن کی روشنی وقت سے پہلے ختم ہو چلی تھی۔ ہلکا ہلکا اندھیرا پھیل گیا تھا۔ بارش کا زور بڑھتا جا رہا تھا۔

خوش قسمتی سے ایک فرلانگ کے بعد ہی مسافر کو سڑک کے بائیں طرف ایک چھوٹا سا مکان نظر آگیا۔ قریب جاکر اس نے دروازے پر دستک دی۔ اندر سے کسی عورت کے اچھا، کہنے کی آواز سنائی دی۔ پل بھر بعد دروازہ چرچراہٹ کے ساتھ کھلا۔ اندر ایک دیہاتن ہاتھ میں لالٹین لئے کھڑی تھی۔ اس کے کچھ پوچھنے یا مسافر کے بولنے سے پہلے عورت کے پیچھے ایک دیہاتی مرد دکھائی دیا۔ وہ شاید عورت کا شوہر تھا۔

"کیا بات ہے؟" دیہاتی نے پوچھا۔

"مسافر ہوں ٹھہرنے کے لئے جگہ چاہئے۔" مسافر نے جواب دیا۔

"رات بھر ٹھہرنے کے لئے پانچ روپے ہونگے۔"

"اندر تو آنے دو۔"

دیہاتی اور عورت ایک طرف ہٹ گئے۔ مسافر اندر آگیا۔ عورت نے دروازہ بند کیا اور لالٹین لے کر آگے آگے چلنے لگی۔ صحن پار کر کے وہ چھوٹے سے دالان میں پہونچے۔ دالان کے بعد دو کوٹھریاں تھیں۔ دیہاتی اور عورت کے پیچھے مسافر ایک کوٹھری میں داخل ہوا۔ اندر ایک چارپائی پڑی تھی۔ اس پر ایک میلی سی دری بچھی ہوئی تھی۔

مسافر سر سے پیر تک پانی میں شرابور ہو چکا تھا۔ اس نے اپنا تھیلا چارپائی پر رکھ کر کرتا اتار ڈالا۔ کرتا اتارتے وقت اندر کی جیب میں سے سو سو روپے کے نوٹوں کی دو گڈیاں نکل کر زمین پر گر پڑیں۔ مسافر نے انھیں جھپٹ کر اٹھالیا۔ اندرونی جیب میں ہونے کی وجہ سے نوٹ بھیگ نہیں سکے تھے۔ مسافر نے عورت اور دیہاتی کی طرف دیکھا۔ عورت کی آنکھوں میں حیرت تھی اور دیہاتی کی آنکھوں میں ایک عجیب سی چمک۔ مسافر اس چمک کا مطلب سمجھتا تھا۔ اس نے کوٹھری میں پڑا ہوا ایک پرانا کاغذ

اٹھالیا۔ نوٹوں کی گڈیوں کو کاغذ میں لپیٹ کر اس نے اپنے پاجامے کی بائیں جیب میں رکھ لیا۔

"میں بہت تھک گیا ہوں" مسافر نے عورت اور دیہاتی کی طرف دیکھ کر کہا۔ "اگر اس وقت چائے پلا سکو تو مہربانی ہوگی۔ صبح تمھارا سب حساب بے باق کر دوں گا۔"

"گڑ کی چائے مل سکتی ہے۔" دیہاتی نے کہا۔

"گڑ کی ہی پلا دو۔"

عورت نے کوٹھری میں رکھا ہوا ایک چھوٹا سا لیمپ روشن کر دیا۔ پھر وہ اور دیہاتی باہر چلے گئے۔ مسافر بھی آہستہ سے دروازے کی طرف بڑھا۔ اسے دیہاتی کی آنکھوں کی چمک یاد تھی۔ مسافر جانتا تھا کہ وہ اس وقت محفوظ نہیں ہے۔ موسم اتنا خراب ہو گیا تھا کہ یہاں سے بھاگنے میں بھی کوئی فائدہ نہیں تھا۔ مسافر نے دروازے کے باہر جھانکا۔ اس کے دونوں میزبان پاس والی کوٹھری میں چلے گئے تھے۔ وہ باہر نکل کر دوسری کوٹھری کے دروازے کی طرف کھسک گیا۔ اندر سے دیہاتی کی آواز آرہی تھی۔ وہ عورت سے کہہ رہا تھا۔ "آج ہمیں ایک اچھا موقع ملا ہے۔ اگر ہم مسافر کا روپیہ ہتھیالیں تو ہمارے دن پھر جائیں گے۔ ہمیں اپنے لڑکے کو پڑھائی کے لئے روپیہ بھیجنے میں بھی پریشانی نہیں ہوگی۔"

"لیکن روپیہ ہتھیاؤ گے کیسے؟" عورت نے پوچھا۔

"جب وہ سو جائے گا تو ہم اس کی کوٹھری میں جا کر روپیہ غائب کر دیں گے۔"

"اور اگر وہ جاگ کر شور مچانے لگا؟"

"آس پاس کون رہتا ہے جو اس کا شور سنے گا۔" دیہاتی کی آواز سنائی دی۔ "اگر اس نے زیادہ گڑبڑ کی تو میں اسے جان سے مار کر اس کے مردہ جسم کو مکان کے پیچھے گاڑ دوں گا۔ کسی کو خبر بھی نہیں ہوگی۔"

اس کے بعد عورت کی آواز نہیں سنائی دی۔ مسافر اپنی کوٹھری میں واپس آ

گیا۔ وہ باہمت اور عقل مند آدمی تھا۔ اس لئے ساری بات جان کر بھی خوف زدہ نہیں ہوا تھا۔ لیکن مشکل یہ تھی کہ کوٹھری اندر سے بند کر لینے کے بعد بھی وہ محفوظ نہیں رہ سکتا تھا، کیوں کہ کوٹھری میں ایک اور دروازہ تھا جسے صرف دوسری کوٹھری میں سے کھولا یا بند کیا جا سکتا تھا۔ کافی سوچنے کے بعد مسافر نے اپنے تھیلے میں سے عینک رکھنے کا کیس نکال کر اپنے پاجامے کی دائیں جیب میں ڈال لیا۔

تھوڑی دیر بعد دونوں میاں بیوی کوٹھری میں واپس آئے۔ عورت نے اپنے ہاتھ میں پکڑا ہوا چائے کا پیالہ مسافر کو دے دیا۔

" تم لوگ کون ہو اور اس ویرانے میں کیوں رہتے ہو؟'' مسافر نے دو چار چسکیاں لینے کے بعد پوچھا۔

" یہ مکان میرے دادا نے بنوایا تھا۔ یہاں سے ہمارے کھیت قریب ہیں اور اگر کبھی تھوڑی دیر کے لئے کوئی مسافر یہاں ٹھہرتا ہے تو اس سے بھی ہمیں کچھ پیسے مل جاتے ہیں۔ ہمارا ایک لڑکا دوسرے شہر میں ڈاکٹری پڑھ رہا ہے۔'' دیہاتی نے اپنے بارے میں بتایا، پھر پوچھا" تم کون ہو؟''

" میری کرانے کی دوکان ہے۔ قریبی قصبے میں میرے ایک چچا رہتے تھے۔ پچھلے دنوں وہ مر گئے-انھوں نے میرے نام اپنا مکان چھوڑا تھا۔ میں شہر میں رہتا ہوں، اس لئے آج میں نے وہ مکان ایک دوسرے آدمی کے ہاتھ فروخت کر دیا۔'' مسافر نے اپنے بارے میں بتاتے ہوئے کہا۔ "واپسی میں دیر ہو جانے کی وجہ سے نہ تو بس ملی اور نہ کوئی دوسری سواری والا شہر جانے پر راضی ہوا۔ مجبوراً مجھے پیدل چلنا پڑا۔''

" شہر تو پانچ میل دور ہے۔ تم اطمینان سے سو جاؤ۔ صبح چلے جانا۔ اس وقت جانے میں خطرہ بھی ہے۔'' دیہاتی نے کہا۔

" خطرہ تو ہے۔'' مسافر چائے کے لمبے لمبے گھونٹ بھر کر بولا۔ ویسے اگر کوئی

چور یا ڈاکو مجھ سے نوٹ چھین بھی لے گا تو وہ جلد ہی گرفتار ہو جائے گا، کیوں کہ قصبے سے چلتے وقت میں نے نوٹوں کے نمبر پولیس تھانے میں لکھا دیئے تھے۔''

''یہ تم نے اچھا کیا تھا'' دیہاتی نے کہا، لیکن اس بار اس کی آواز کا جوش کچھ کم ہو گیا تھا۔

''اس کے علاوہ۔'' مسافر نے پاجامے کی داہنی جیب میں ہاتھ ڈال کر عینک کے کیس کے ایک سرے کو کپڑے کے اندر سے ابھار کر دیہاتی کو دکھاتے ہوئے کہا۔ ''میں اپنی حفاظت بھی کر سکتا ہوں۔''

''یہ کیا ہے؟'' دیہاتی نے تھوک نگل کر پوچھا۔

''پستول۔'' مسافر نے آواز پر اسرار بنا کر کہا۔ ''اگر کوئی زبردستی مجھے لوٹنا چاہے گا تو میں اسے گولی مار دوں گا۔ ایسا میں اپنی حفاظت کے لئے کروں گا، اس لئے قانون بھی مجھے کچھ نہیں کہے گا۔''

دیہاتی کچھ نہ بولا۔ اس کے چہرے پر مایوسی اور خوف کی پرچھائیاں نظر آنے لگی تھیں۔ اس کی بیوی بھی گھبرائی ہوئی تھی۔ مسافر نے خالی پیالہ عورت کو واپس کرتے ہوئے دیہاتی سے کہا۔ ''تم فکر نہ کرو۔ میرے پاس کچھ روپے الگ سے پڑے ہیں۔ ان سے تمہارا کرایہ وغیرہ ادا کر دوں گا۔''

''اچھا اب تم آرام کرو'' دیہاتی نے پست آواز میں کہا اور اپنی بیوی کے ساتھ کسی ہارے ہوئے جواری کی طرح کوٹھری سے چلا گیا۔

مسافر نے اٹھ کر کوٹھری کا دروازہ اندر سے بند کر لیا۔ اب اسے دیہاتی کی طرف سے کوئی خطرہ نہیں تھا۔

رات بھر مسافر اطمینان سے سویا۔ صبح سویرے اس کی آنکھ کھلی تو اس نے نوٹوں کی گڈیوں کو دیکھا۔ پوری رقم موجود تھی۔ وہ کوٹھری سے باہر نکلا۔ موسم صاف ہو چکا تھا۔ دیہاتی اور اس کی بیوی جاگ چکے تھے۔ ان کے چہرے ابھی تک

اترے ہوئے تھے۔ مسافر نے ہاتھ مونہہ دھو کر گرم گرم چائے کا پیالہ پیا۔ پھر اس نے دیہاتی کو دس روپے کا ایک نوٹ دیا، اس کا اور اس کی بیوی کا شکریہ ادا کیا اور اپنے دل میں اپنی عقل مندی کی خود ہی تعریف کرتا ہوا اپنی منزل کے لئے چل پڑا۔

(۱۹۶۹)

قدرت کا عتاب

نذیر علی صاحب گورنمنٹ ہائی اسکول میں ماسٹر تھے۔ وہ ایک عبادت گزار انسان تھے۔ ان کا صرف ایک لڑکا تھا جو لکھنؤ میں پڑھ رہا تھا۔ ہر ماہ لڑکے کو فیس اور دوسری ضرورتوں کے لئے روپیہ بھیجنے کے بعد تنخواہ میں سے جو رقم بچتی تھی اس سے ان کا اور ان کی بیوی کا گزر آسانی سے ہو جاتا تھا۔

ماسٹر صاحب کا اصل وطن شہر سے چودہ کلو میٹر دور قصبہ جلال آباد تھا۔ اسی قصبے میں ان کی زندگی کے شروع کے بیس سال گزرے تھے۔ پھر ملازمت کی خاطر وہ شہر میں آبسے تھے۔ یہیں انہوں نے اپنے رہنے کے لئے ایک چھوٹا سا مکان بنا لیا تھا۔ والدین قصبے میں ہی رہتے رہے تھے۔ والدین کے انتقال کے بعد ماسٹر صاحب نے قصبے والے مکان کو بیچ دینا مناسب سمجھا۔ قصبے کا ایک امیر شخص ان کا مکان خریدنے پر تیار ہو گیا۔

قصبہ جلال آباد میں ضلع کی ایک تحصیل بھی تھی۔ ماسٹر صاحب نے ایک مقررہ دن پر قصبے پہنچ کر اپنا مکان اس شخص کے ہاتھ پانچ ہزار روپے میں فروخت کر دیا۔ قانونی لکھا پڑھی میں کچہری میں پانچ بج گئے۔ دن ڈوبنے میں ڈیڑھ گھنٹہ رہ گیا تھا۔ ماسٹر صاحب مکان کے بدلے میں ملی ہوئی رقم احتیاط سے اپنے کوٹ کی اندرونی جیبوں میں محفوظ کرنے کے بعد بس اسٹینڈ کی طرف روانہ ہوئے۔ تھوڑی دور چلنے کے بعد انہوں نے ایک مسجد سے لوگوں کو عصر کی نماز پڑھ کر نکلتے دیکھا۔ ماسٹر صاحب نے عصر کی نماز ادا کرنے کے بعد شہر کے لئے بس پکڑنے کا فیصلہ کیا۔ وہ مسجد میں داخل ہوئے۔ اس وقت مسجد میں کوئی نمازی نہیں تھا۔ ماسٹر صاحب نے کنوئیں سے پانی نکال کر وضو کیا اور نماز پڑھنے کے لئے مسجد کے اندرونی حصے میں پہنچے۔ ابھی وہ نماز کی نیت کرنے جا رہے تھے کہ ایک آدمی بڑی تیزی سے اندر گھس آیا۔ وہ ایک ادھیڑ عمر کا شخص تھا۔ چہرے پر گھنی داڑھی تھی۔ اسے دیکھ کر ماسٹر صاحب کا چہرہ سفید پڑ گیا

کیوں کہ اس کے ہاتھ میں ریوالور تھا جس کا رخ ماسٹر صاحب کی طرف تھا۔

"رقم نکال کر میرے حوالے کر دو۔" وہ آدمی ماسٹر صاحب کو دیکھتے ہوئے غرّایا۔

"کیسی رقم؟" ماسٹر صاحب نے ہمت کر کے پوچھا۔

"وہی جو تمھیں مکان بیچ کر ملی ہے۔"

ماسٹر صاحب سمجھ گئے کہ یہ شخص کافی دیر سے ان کے پیچھے لگا ہے۔ ریوالور کی وجہ سے وہ بے بس تھے۔ انھوں نے خاموشی سے پانچ ہزار کے نوٹوں کی گڈیاں نکال کر اس کے سامنے چٹائی پر ڈال دیں۔ ماسٹر صاحب پر نظر رکھتے ہوئے اس شخص نے گڈیاں اٹھا کر اپنے کوٹ کی جیب میں ڈال لیں۔

"اب دوسری طرف مونہہ کر کے کھڑے ہو جاؤ۔"

اس آدمی نے حکم دیا۔

ماسٹر صاحب نے گھوم کر اس کی طرف پیٹھ کر لی۔ دوسرے ہی لمحے اس آدمی نے پیچھے سے ہاتھ بڑھا کر ان کا مونہہ دبایا اور دوسرے ہاتھ سے ریوالور کے دستے سے ان کے سر پر وار کیا۔ ماسٹر صاحب بغیر کوئی آواز نکالے چٹائی پر گرے اور بے ہوش ہو گئے۔

ہوش آیا تو وہ جلدی سے اٹھ بیٹھے۔ بے ہوشی سے پہلے کا حادثہ انھیں یاد آگیا۔ بے اختیار ان کا ہاتھ اپنے دکھتے ہوئے سر پر گیا۔ سر زخمی ہو گیا تھا لیکن جاڑے کی وجہ سے زیادہ خون نہیں بہہ سکا تھا۔ شاید ان کی بے ہوشی کے دوران کوئی اور نمازی مسجد میں نہیں آیا تھا وہ آہستہ سے اٹھے اور صحن میں نکل آئے۔ وقت اگرچہ تنگ ہو گیا تھا لیکن عصر کی نماز پڑھی جا سکتی تھی۔ انھوں نے دوبارہ وضو کر کے نماز پڑھی اس کے بعد وہ پولیس تھانہ کی طرف چلے جو بس اسٹینڈ کے قریب ہی تھا۔ رپورٹ لکھتے ہی تھانے کے انچارج نے دو سپاہیوں کو ماسٹر صاحب کے بتائے ہوئے حلیے کے آدمی کی تلاش میں دوڑا دیا۔ ماسٹر صاحب وہیں رکے رہے۔ حالانکہ انھیں لٹیرے کی گرفتاری کی ذرا سی بھی امید نہیں تھی۔ انھوں نے تھانے میں ہی مغرب کی نماز پڑھ لی۔ تھوڑی دیر

کے بعد دونوں سپاہی ناکام لوٹ آئے۔ انچارج نے ماسٹر صاحب سے معاملے کی اچھی طرح تحقیق کرنے کا وعدہ کیا اور ان کا اسکول اور گھر کا پتہ لے کر انہیں رخصت کر دیا۔

سات بجے ماسٹر صاحب بس اسٹینڈ پہنچے۔ تاریکی پھیلنے لگی تھی۔ شہر جانے کے لئے بس تیار ملی۔ ماسٹر صاحب اس میں بیٹھ کر چل دئے۔ ماسٹر صاحب کے دماغ میں اس وقت اس حادثے کے علاوہ کوئی دوسرا خیال نہیں تھا۔ اس رقم سے ان کا ارادہ اپنے بیٹے کے مستقبل کو سنوارنے کا تھا۔ انہیں رقم ہاتھ سے نکل جانے کا افسوس ضرور تھا۔ لیکن وہ زیادہ ملول نہیں تھے۔ وہ ان لوگوں میں سے تھے جو ہر حال میں خدا کا شکر ادا کرتے ہیں۔

بس چلتی رہی اور ماسٹر صاحب اپنے خیالوں میں ڈوبے رہے۔ لگ بھگ آٹھ کلومیٹر چلنے کے بعد بس کی رفتار کم ہو گئی اور پھر وہ رک گئی۔ ماسٹر صاحب نے کھڑکی سے باہر دیکھا تو چونک پڑے۔ جس طرف سے بس آ رہی تھی اسی سمت سے آنے والی ایک ٹیکسی بائیں فٹ پاتھ پر چڑھ کر بجلی کے کھمبے سے بری طرح ٹکرائی ہوئی کھڑی تھی۔ پولیس کی ایک وین اور ایک جیپ بھی وہاں موجود تھی۔ الیکٹرک پول کی روشنی میں ماسٹر صاحب نے ٹیکسی کے پاس ایک سب انسپکٹر پولیس اور چند سپاہیوں کو دیکھا۔

بس کے بہت سے مسافر نیچے اتر کر حادثے کو سمجھنے کی کوشش کر رہے تھے ماسٹر صاحب اندر بیٹھے بیٹھے سب کچھ دیکھ رہے تھے۔ جلد ہی انہیں پتہ چل گیا کہ ٹیکسی میں صرف ڈرائیور تھا جو حادثے میں بری طرح زخمی ہو کر ٹیکسی میں بے ہوش پڑا تھا۔ حادثے کو ایک گھنٹہ سے زیادہ ہو چکا تھا۔ بعد میں ادھر سے جانے والی ایک سرکاری بس نے صدر تھانے میں حادثے کی اطلاع پہنچائی تھی۔ سب انسپکٹر سپاہیوں کے ساتھ ابھی ابھی وہاں پہنچا تھا۔ یہی قیاس کیا گیا تھا کہ ڈرائیور کا ہاتھ بہک جانے سے حادثہ ہو گیا تھا۔

بس کا ڈرائیور اور کنڈکٹر روانہ ہونا چاہتے تھے لیکن زیادہ تر مسافر نیچے اتر گئے

تھے۔ انھیں چھوڑا بھی نہیں جا سکتا تھا۔ سپاہی ٹیکسی میں سے زخمی ڈرائیور کو باہر نکالنے کی کوشش کر رہے تھے۔ آخرانہوں نے بے ہوش ڈرائیور کو باہر نکال لیا۔ ڈرائیور کی خستہ حالت دیکھ کر لوگوں کے چہروں پر ہوائیاں اڑ گئیں۔ ٹیکسی کا ونڈ اسکرین ٹوٹ گیا تھا۔ شیشے کی کرچوں سے ڈرائیور کا چہرہ لہو لہان ہو گیا تھا۔ ڈرائیور کی ایک جھلک دیکھتے ہی ماسٹر صاحب بے ساختہ اپنی سیٹ سے اٹھ کر بس سے نیچے اتر آئے۔ وہ ڈرائیور کے بالکل قریب چلے گئے۔ اچانک انھیں اپنا سر گھومتا ہوا محسوس ہوا۔ وہ فوراً پلٹ کر مجمع سے باہر نکل آئے اور بس کا سہارا لے کر کھڑے ہو گئے۔ اب ان کی آنکھوں کے سامنے وہ لٹیرا تھا جس نے آج مسجد میں ان کے پانچ ہزار روپے چھین لئے تھے بے ہوش ڈرائیور کے جسم پر بالکل ویسا ہی لباس تھا جیسا لٹیرے نے پہن رکھا تھا۔ دونوں کی عمروں میں بھی فرق نہیں معلوم ہوتا تھا۔ ہاں لٹیرے کے چہرے پر داڑھی ضرور تھی جو اس ڈرائیور کے چہرے پر نہیں تھی۔ ماسٹر صاحب نے سوچا کہ کیا لٹیرے کی داڑھی نقلی تھی؟ کیا اسی ڈرائیور نے انھیں داڑھی لگا کر لوٹا تھا؟ نہ جانے کیا بات تھی کہ سوچتے سوچتے ماسٹر صاحب کو یقین ہوتا گیا کہ ڈرائیور اور لٹیرا ایک ہی شخصیت کے دو روپ تھے!

سب انسپکٹر اب سپاہیوں سے زخمی ڈرائیور کے جسم کو وین میں رکھوا رہا تھا۔ بس کے مسافر اپنی اپنی جگہ جا کر بیٹھنے لگے تھے۔ اتنی دیر میں ماسٹر صاحب اپنی حالت پر قابو پا چکے تھے۔ انہوں نے بس کے ڈرائیور سے چند منٹ اور رکنے کو کہا اور خود لپک کر سب انسپکٹر کے پاس پہنچے۔

"میں آپ سے کچھ بات کرنا چاہتا ہوں" ماسٹر صاحب نے کہا۔

"فرمایئے" سب انسپکٹر نے نرم آواز میں کہا۔

ماسٹر صاحب نے مختصر الفاظ میں سب انسپکٹر کو اپنے اوپر بیتا ہوا واقعہ سنایا اور اپنے شک کا اظہار کیا۔

سب انسپکٹر نے پر خیال انداز میں سر ہلایا۔ پھر وہ سپاہیوں کی طرف گھوما جو بے

ہوش ڈرائیور کو وین کے پچھلے حصے میں لٹا چکے تھے۔ سب انسپکٹر نے انہیں بے ہوش ڈرائیور کی فوری تلاشی لینے کے لئے ہدایت کی۔ چند منٹ کے اندر یہ کام ہو گیا۔ ڈرائیور کے لباس سے اس کا لائسنس اور معمولی سی رقم بر آمد ہوئی۔ سب انسپکٹر نے یہ چیزیں اپنے قبضے میں لے لیں۔ ڈرائیور کی حالت بگڑتی جا رہی تھی۔ سب انسپکٹر نے سپاہیوں کو اس کے ساتھ وین میں ہسپتال روانہ کر دیا۔ صرف ایک سپاہی اس کے ساتھ ٹھیر گیا۔ اچانک بس کے ڈرائیور نے ماسٹر صاحب کو مخاطب کرنے کے لئے ہارن بجایا۔ ماسٹر صاحب نے سب انسپکٹر کی طرف سوالیہ انداز میں دیکھا۔ سب انسپکٹر نے انھیں مشورہ دیا کہ وہ بس کو جانے دیں اور خود اس کی جیپ کیں شہر چلیں۔ راستے میں تفصیلی گفتگو بھی ہو جائے گی اور تھانے میں ان کا بیان بھی تحریر کر لیا جائے گا۔ ماسٹر صاحب کے اشارہ پر بس چلی گئی۔

"رام سنگھ تم ہوشیاری سے ٹیکسی کی تلاشی لے کر بر آمد ہونے والی اشیاء کے بارے میں بتاؤ" سب انسپکٹر نے اپنے ساتھ رکے ہوئے سپاہی سے کہا۔ سپاہی تلاشی لینے لگا۔ سب انسپکٹر نے اپنی جیب سے نوٹ بک نکال کر ٹیکسی کے نمبر نوٹ کئے۔

"کیا آپ کے پاس شناختی کارڈ موجود ہے؟" سب انسپکٹر نے ماسٹر صاحب سے پوچھا۔

ماسٹر صاحب نے اپنا اسکول کارڈ نکال کر سب انسپکٹر کی طرف بڑھا دیا۔ اس نے کارڈ دیکھ کر واپس کر دیا۔ ٹیکسی کی تلاشی میں کوئی خاص چیز نہیں ملی۔ ٹیکسی چلنے کے قابل نہیں رہی تھی۔ اس لئے اسے وہیں چھوڑ کر سب انسپکٹر' سپاہی اور ماسٹر صاحب کے ساتھ جیپ میں شہر کی طرف چل دیا۔ سب انسپکٹر جیپ چلا رہا تھا۔ ماسٹر صاحب اس کے پاس اور سپاہی پیچھے بیٹھا تھا۔ ساڑھے آٹھ بج گئے تھے۔ تاریکی پوری طرح پھیل چکی تھی۔ سب انسپکٹر کا نام رمیش کمار تھا۔ راستے میں اس نے ماسٹر صاحب کو بتایا کہ زخمی ڈرائیور کے پاس سے جو ڈرائیوری کا لائسنس نکلا ہے' اس میں سے اس کا نام مسعود لکھا ہے۔ پتہ شہر کے ہی ایک محلے کا ہے۔ سب انسپکٹر نے ماسٹر صاحب سے واقعے کی کل تفصیل بھی معلوم کی۔

"اگر اس زخمی ڈرائیور کو ہی لٹیرا مان لیا جائے تو آپ کو لوٹنے میں کوئی دوسرا شخص بھی اس کا شریک رہا ہوگا جس کے حوالے اس نے ریوالور اور رقم کی ہوگی۔ نقلی داڑھی تو کہیں بھی پھینکی جا سکتی ہے۔" سب انسپکٹر نے کہا۔

"لیکن میرے سامنے صرف وہی لٹیرا آیا تھا۔" ماسٹر صاحب نے کہا۔

"ممکن ہے دوسرا شخص لٹیرے کو کسی اتفاقیہ خطرے سے ہوشیار کرنے کے لئے باہر ہی ٹھہر گیا ہو۔" سب انسپکٹر بولا۔ "خیر آپ نے مکان کس کے ہاتھ فروخت کیا ہے؟ بدلے میں ملے ہوئے نوٹ نئے تھے یا پرانے؟"

"مکان سعید علی صاحب نے خریدا ہے۔ ہزار ہزار کی تین گڈیاں نئے نوٹوں کی تھیں۔ باقی نوٹ پرانے تھے۔"

"سعید صاحب کو میں جانتا ہوں۔ وہ بڑے نیک انسان ہیں۔" سب انسپکٹر نے کہا۔ اس کے بعد اس نے کچھ نہیں پوچھا۔ کار شہر میں داخل ہو چکی تھی۔ چند منٹ میں وہ صدر تھانے میں داخل ہو کر رک گئی۔ سب انسپکٹر نے ماسٹر صاحب کو اپنے آفس میں لاکر ایک کرسی پر بٹھایا اور خود ان کے سامنے میز کے دوسری طرف کرسی پر بیٹھ کر ساتھ آئے ہوئے سپاہی کو حکم دیا۔ "ہیڈ محرر سے رجسٹر لانے کو کہو۔ ایک بیان لکھنا ہے۔"

سپاہی چلا گیا تو سب انسپکٹر نے میز پر رکھے ہوئے ٹیلی فون پر تھانہ جلال آباد کے نمبر ملائے۔ اتفاق سے وہاں کا انچارج تھانے میں موجود تھا۔ اس نے ماسٹر صاحب کی رپورٹ کی تصدیق کری۔ سب انسپکٹر نے اس سے سعید علی صاحب سے مل کر یہ معلوم کرنے کے لئے کہا کہ انھوں نے جو نئے نوٹ ماسٹر صاحب کو دئے تھے وہ کب اور کس بینک سے نکالے تھے۔ سب انسپکٹر نے انچارج کو زخمی ڈرائیور کے بارے میں بتا کر ہدایت کی کہ وہ جلد سے جلد جلال آباد میں اس کے قریبی دوستوں کا پتہ چلا کر اسے اطلاع دے۔ انچارج نے دوسری صبح تک ساری معلومات فراہم کرنے کا وعدہ کیا۔ سب انسپکٹر نے سلسلہ منقطع کر دیا۔

ہیڈ محرر آ گیا تھا۔ ماسٹر صاحب سب انسپکٹر سے دو ایک باتیں پوچھ کر اپنا بیان لکھانے لگے۔ سب انسپکٹر ٹیلی فون پر کسی سے گفتگو کرنے لگا۔ جب اس نے بات ختم کی تو ماسٹر صاحب بھی بیان لکھا چکے تھے۔ ہیڈ محرر رجسٹر لے کر چلا گیا۔

" میں نے ابھی ضلع ہسپتال ٹیلی فون کیا تھا۔'' سب انسپکٹر بولا۔ " میں خود ڈرائیور کی صحیح چوٹوں کا اندازہ نہیں لگا سکا تھا۔ اس کی حالت نازک ہے۔ اسٹیئرنگ سے ٹکرانے سے سینے کی کئی ہڈیاں ٹوٹ گئی ہیں۔''

ماسٹر صاحب سن رہ گئے۔ انھیں شرم آئی کہ ڈرائیور تو موت کے مونہہ میں پڑا ہوا ہے اور انھیں اپنی رقم کی فکر ہے۔ کیا ان کی رقم ایک انسان کی زندگی سے زیادہ قیمتی ہے۔ پھر یہ بھی تو ممکن ہے کہ ڈرائیور مجرم نہ ہو۔ ان کا شک بے بنیاد ہو۔ اگر ایسا ہوا تو کتنا برا ہوگا۔

سب انسپکٹر شاید ان کے خیالات پڑھ رہا تھا۔ اس نے ایک پھیکی سی مسکراہٹ کے ساتھ کہا" ماسٹر صاحب آپ کا سابقہ ایسے حالات سے پہلی بار ہوا ہے اسی لئے آپ الجھن میں پڑ گئے ہیں۔ کافی دیر ہو گئی ہے۔ اب آپ گھر جایئے میں بھی ہسپتال جاؤں گا۔ زخمی ڈرائیور کے گھر بھی خبر بھجوانا ہے، کل کسی وقت آ کر مل لیجئے گا۔''

ماسٹر صاحب نے دستی گھڑی دیکھی۔ ساڑھے نو بجے تھے۔ عشا کی نماز بھی پڑھنا تھی اور گھر پر بیوی بھی انتظار کر رہی ہوں گی۔ وہ فوراً اٹھ گئے۔

اگلے روز شام کو پانچ بجے ماسٹر صاحب صدر تھانہ پہنچے۔ سب انسپکٹر اپنے آفس میں موجود تھا۔ ماسٹر صاحب نے اس کے سامنے بیٹھتے ہوئے ڈرائیور مسعود کی خیریت پوچھی۔

" صبح کے وقت اسے ہوش آ گیا ہے۔ اس کی حالت اب غنیمت ہے۔ لیکن ڈاکٹر نے ابھی اس سے بات کرنے سے منع کیا ہے۔ اس کے بیوی بچوں کو بھی اس سے ملنے کی اجازت نہیں ملی۔'' سب انسپکٹر نے جواب دیا۔ چند لمحوں کی خاموشی کے بعد وہ بولا" مجھے مسعود کے حادثے کا افسوس ہے۔ لیکن بہر حال وہ مجرم ہے۔''

"کیا اس کا جرم ثابت ہو گیا'' ماسٹر صاحب چونک پڑے۔

"جی ہاں'' سب انسپکٹر نے کہا" جلال آباد میں مہندر سنگھ نام کا ایک شخص رہتا ہے۔ وہ بھی مسعود کی طرح کرائے کی ٹیکسی چلاتا ہے۔ مسعود اور وہ گہرے دوست تھے۔ دونوں جواری اور شرابی تھے۔ آمدنی معقول تھی لیکن خرچ ناجائز تھے۔ اس لئے دونوں کی مالی حالت خراب رہتی تھی۔ ان ہی دونوں نے مل کر آپ کو لوٹا تھا۔ ممکن ہے آپ سے پہلے بھی وہ دوسرے لوگوں کو لوٹتے رہے ہوں لیکن کبھی پکڑے نہیں گئے۔ جب مسعود مسجد میں آپ سے رقم چھیننے گیا تھا تو مہندر مسجد کے باہر موجود تھا۔ مسعود باہر نکلا تو دونوں تیزی سے اس مقام پر پہنچے جہاں مسعود کی ٹیکسی کھڑی تھی۔ یہاں مسعود نے اپنی نقلی داڑھی' رقم اور ریوالور مہندر کے حوالے کر دئے اور مہندر سے یہ کہہ کر ٹیکسی میں شہر کی طرف چل پڑا کہ دوسرے دن آکر اپنے حصے کی رقم لے لے گا۔ لیکن افسوس کہ آپ کی رقم سے مزے اڑانے سے پہلے ہی وہ قدرت کے عتاب کا شکار ہو گیا۔''

" آپ کو یہ ساری تفصیل کیسے معلوم ہوئی؟'' ماسٹر صاحب نے پوچھا۔

" آج صبح دس بجے میں نے جلال آباد کے تھانیدار کو ٹیلی فون کیا تھا۔ اس نے بتایا کہ وہاں مسعود کے دو قریبی ملنے والے ہیں۔ ایک اس کا دوست مہندر' دوسرا ایک رشتے کا بھائی جگن۔ میں یہ سنتے ہی جلال آباد کے لئے روانہ ہو گیا۔ وہاں پہنچ کر میں نے تھانیدار کے ساتھ مہندر کے گھر پر دھاوا بولا۔ مہندر گھر پر موجود تھا۔ وہ بھی پکڑا گیا اور آپ کی ساری رقم بھی جوں کی توں اس کے گھر سے بر آمد ہو گئی۔ سعید علی بتا چکے تھے کہ انھوں نے آپ کو دی ہوئی رقم جلال آباد کے بینک سے نکالی تھی۔ بینک سے تین ہزار کے نوٹوں کے بارے میں تصدیق ہو گئی کہ یہ وہی نوٹ ہیں۔ جو ان کو دئے گئے تھے۔ مہندر نے پہلے اقبال جرم کرنے سے انکار کر دیا لیکن جب اسے مسعود کے حادثے کے بارے میں بتایا گیا تو وہ رو پڑا اور اس نے ساری تفصیل بتا دی۔'' سب انسپکٹر چند لمحوں کے لئے چپ ہوا' پھر بولا" بہر حال آپ کی رقم اب ہمارے قبضے میں ہے۔ قانونی کاروائی کے بعد یہ رقم آپ کے حوالے کر دی جائے گی۔''

"ایک بات اور پوچھنا چاہتا ہوں" ماسٹر صاحب نے کہا" ابھی آپ نے بتایا تھا

کہ جلال آباد میں مسعود کے دو قریبی ملنے والے تھے۔ مہندر اور جگن۔ آخر آپ نے مہندر کے گھر پر دھاوا کیوں بولا۔ جگن کو کیوں نظر انداز کر دیا"

"مجھے معلوم تھا کہ آپ یہ بات پوچھیں گے۔" سب انسپکٹر نے خفیف سی مسکراہٹ کے ساتھ کہا۔ "آج صبح ہسپتال جا کر میں نے ڈاکٹر اور مسعود کے پاس رہنے والی نرس سے بات کی تھی۔ انھوں نے بتایا کہ رات میں بے ہوشی کے دوران وقفے وقفے میں مسعود یہی چلاّتا رہا تھا کہ مہندر ہم نے بہت بڑا گناہ کیا ہے...... وہ بے چارہ نماز پڑھنے جا رہا تھا۔ میں نے اسے لوٹ لیا...... نہیں نہیں...... مہندر اسے روپے لوٹا دو...... خدا ہمیں معاف کرے خدا، ہمیں معاف کرے۔"

ماسٹر صاحب کے رونگٹے کھڑے ہو گئے۔ اپنی رقم واپس ملنے کی خوشی کا معمولی سا احساس بھی انہیں نہیں تھا۔ بس ایک ہی خیال ان کے دماغ پر ہتھوڑے برسا رہا تھا۔ کیا واقعی قدرت نے مسعود کو اس کے جرم کی سزا دی تھی؟ اگر یہ سزا تھی تو کیسی عبرت ناک سزا تھی۔

(۱۹۷۶)

چور کی واپسی

ابتدائی سردی کا موسم تھا۔ آدھی رات گزر چکی تھی۔ دس سالہ روحی اپنے کمرے میں چادر تانے سو رہی تھی۔ کمرے میں مدھم روشنی کا بلب جل رہا تھا۔ روحی کے پیارے پیارے چہرے پر بلا کی معصومیت پھیلی ہوئی تھی۔

روحی کے سرہانے چند قدم کے فاصلے پر ایک کھڑکی تھی۔ جو بنگلے کے احاطے میں کھلتی تھی۔ کھڑکی میں شیشے لگے ہوئے تھے۔ وہ اندر سے بند تھی۔ پائنتی کی طرف پلنگ سے کافی دور راہ داری میں کھلنے والا کمرے کا دروازہ تھا۔ دروازے کے پٹ بند تھے۔ لیکن اندر سے چٹخنی بند نہیں تھی۔

اچانک ایسا لگا جیسے کسی نے کھڑکی کو باہر سے ہلکا سا دھکا دیا ہو۔ چند لمحوں بعد کھڑکی کا ایک شیشہ ٹوٹ کر اندر کی طرف گرا۔ شیشہ ٹوٹنے سے معمولی سی آواز ہوئی' لیکن روحی کی نیند میں خلل نہیں پڑا۔ وہ بے خبر سوتی رہی۔ پھر ایک ہاتھ ٹوٹے ہوئے شیشے سے اندر داخل ہوا۔ دوسرے ہی پل چٹخنی اس ہاتھ نے کھول لی۔ ہاتھ باہر چلا گیا اور آہستہ آہستہ کھڑکی کے پٹ کھل گئے۔ ایک شخص نے کھڑکی میں سے اندر جھانکا۔ اس کا چہرا کسی کپڑے سے چھپا ہوا تھا۔ صرف آنکھیں دکھائی دے رہی تھیں۔ وہ شخص احتیاط کے ساتھ کمرے میں کود آیا۔ آگے بڑھ کر اس نے روحی کا جائزہ لیا۔ اس کے بعد اس نے دبے قدموں سے جا کر کمرے کا دروازہ اندر سے بند کر دیا اور روحی کی طرف لوٹ آیا اور جھک کر اس نے روحی کے سر کو ہلایا۔ روحی نے کنمنا کر آنکھیں کھول دیں۔ پھر نقاب پوش کو دیکھ کر چیخنے ہی والی تھی کہ اس شخص نے اپنا ہاتھ اس کے مونہہ پر رکھ دیا۔

"خاموش پڑی رہو۔" نقاب پوش نے اپنا ہاتھ روحی کے مونہہ پر سے ہٹاتے ہوئے کہا۔ "گھر میں کون کون ہے اور کہاں ہے؟"

"ڈیڈی اور ممی سامنے والے کمرے میں سو رہے ہیں۔" روحی نے ڈری ڈری آواز میں جواب دیا۔

"آہستہ بولو۔" نقاب پوش نے روحی کو جھڑکا۔ "کوئی نوکر نہیں ہے۔"

"ایک بوڑھا اور اس کی بیوی ملازم ہیں۔ وہ دونوں بنگلے کے پچھواڑے بنی ہوئی کوٹھری میں رہتے ہیں۔"

"روپیہ اور زیور کہاں رکھے ہیں؟"

"ڈیڈی کے کمرے میں الماری میں بند ہیں۔"

نقاب پوش کچھ سوچنے لگا۔ روحی غور سے اس کی آنکھوں میں دیکھ رہی تھی۔ اب اس کا خوف دور ہو گیا تھا۔

"کیا آپ چوری کرتے ہیں؟" روحی نے سادگی سے پوچھا۔ "لیکن یہ تو برا کام ہے۔"

"بے بی میں پیشہ ور چور نہیں ہوں۔" نقاب پوش نے دھیمی آواز میں کہا۔ اب اس کی آواز میں نرمی اور غم جھلک رہا تھا۔ میں ایک غریب آدمی ہوں۔ کچھ دن سے بڑی پریشانیوں میں مبتلا ہوں۔ آج مجبور ہو کر مجھے چوری کرنے کے لئے نکلنا پڑا ہے۔"

"لیکن شاید آپ کو نہیں معلوم کہ میرے ڈیڈی پولیس انسپکٹر ہیں۔ اگر وہ اس وقت جاگ گئے تو آپ کو پکڑ لیں گے۔ اور آپ کو سزا ہو جائے گی۔" روحی نے کہا۔

"اوہ۔" نقاب پوش کے مونہہ سے نکلا۔ پھر وہ آپ ہی آپ بڑبڑایا۔ "لیکن مجھے روپوں کی سخت ضرورت ہے۔ کوئی زیور ہی مل جاتا جسے بیچ کر میں اپنا کام چلا سکتا۔"

"میرا سونے کا ہار میری الماری میں پڑا رہ گیا ہے۔ آپ وہ ہار لئے جایئے۔" روحی نے کہا۔

"تم بہت بھولی بچی ہو۔ تمہارا ہار لینے کو جی نہیں چاہتا لیکن اس کے بغیر میرا کام بھی نہیں چلے گا۔ تم مجھے اپنا ہار دے دو۔ جب بھی میرے پاس روپے ہو جائیں گے تو میں کسی نہ کسی ذریعے سے ایسا ہی ایک ہار تمہیں بھجوا دوں گا۔ میں وعدہ کرتا

ہوں کہ آئندہ کبھی چوری بھی نہیں کروں گا۔" نقاب پوش نے لواس آواز میں کہا۔ چند لمحے خاموش رہا۔ پھر اس نے پوچھا۔ "لیکن کیا ہار کے بارے میں جان کر تمہارے ممی اور ڈیڈی ناراض نہیں ہوں گے؟"

"ڈیڈی مجھ پر کبھی غصہ نہیں کرتے۔ ممی ضرور ناراض ہوں گی۔" روحی نے افسردہ آواز میں پلنگ سے اٹھتے ہوئے کہا۔" جب سے میری ممی مری ہیں لور ڈیڈی دوسری ممی لائے ہیں تب ہی سے مجھے علیحدہ کمرے میں سونا پڑتا ہے لور دوسری ممی کی ڈانٹ بھی سننا پڑتی ہے۔"

نقاب پوش کچھ نہیں بولا۔ روحی نے وہاں موجود ایک الماری سے سونے کا ہار نکال کر اسے دے دیا۔ نقاب پوش کی آنکھیں بھیگ گئیں۔ ہار لے کر اس نے شفقت سے روحی کے سر پر ہاتھ پھیرا اور پھر جس کھڑکی سے آیا تھا اسی سے واپس لوٹ گیا۔

روحی بڑی سیدھی سادی لڑکی تھی۔ اس کے بھولپن کی وجہ سے اس کی ہم جماعت لڑکیاں اکثر اسے بے وقوف بنا کر اس سے چیزیں ہتھیا لیا کرتی تھیں۔ روحی کے والد احمد صاحب پولیس انسپکٹر تھے۔ وہ روحی سے بے حد محبت کرتے تھے۔ چند برس قبل روحی کی والدہ کا انتقال ہو گیا تھا۔ انسپکٹر صاحب نے روحی کی اچھی نگہداشت کے خیال سے دوسری شادی کر لی۔ لیکن روحی کی دوسری ممی اسے وہ محبت نہ دے سکیں، جس کی انسپکٹر صاحب کو ان سے امید تھی۔

اگلی صبح جب روحی نے ڈیڈی اور ممی کو رات کا ماجرا سنایا تو انسپکٹر صاحب حیران رہ گئے، لیکن ممی روحی پر برس پڑیں۔

"اری تو نے اپنا ہار چور کو کیوں دے دیا؟"

"ممی وہ چور نہیں تھے۔ وہ بہت پریشان تھے۔ اس لئے "

"چپ رہ۔ بڑی آئی چور کی ہمدرد۔" ممی گرجیں۔

"ختم کرو بیگم۔" انسپکٹر صاحب نے اکتا کر کہا، پھر وہ روحی سے بولے۔ "چلو

بیٹی میں تمہارا کمرہ دیکھوں گا۔"

انسپکٹر صاحب روحی کو لے کر اس کے کمرے میں پہنچے۔ پیچھے پیچھے ممّی بھی وہاں آگئیں۔ انسپکٹر صاحب نے کمرے کی کھڑکی اور فرش کا سرسری معائنہ کیا۔ اس کے بعد وہ روحی سے چور کی جسامت اور گفتگو کے بارے میں پوچھ تاچھ کرنے لگے۔ سب کچھ بتانے کے بعد روحی کہنے لگی۔

"لیکن ڈیڈی چور کو پکڑیے گا نہیں۔ وہ بے چارے بہت ......"

"بکو مت۔" ممّی روحی کو جھڑک کر انسپکٹر صاحب سے بولیں۔" آپ آج ہی اس چور کو گرفتار کر کے حوالات میں بند کیجئے۔ غضب خدا کا اب پولیس انسپکٹر کے گھر میں بھی چور گھسنے لگے۔"

" نو بجے ہیں۔" انسپکٹر صاحب نے کلائی کی گھڑی پر نظر ڈال کر روحی سے کہا۔ تم تیار ہو کر اسکول جاؤ لیکن خبردار اسکول میں کسی سے اس واقعے کا ذکر نہ کرنا ورنہ چور صاحب پکڑے جائیں گے۔"

انسپکٹر صاحب ہنستے ہوئے کمرے سے نکل گئے۔ ممّی بھی بڑبڑاتی ہوئی وہاں سے چلی گئیں۔

اس روز شام کو انسپکٹر صاحب کے گھر لوٹتے ہی ممّی نے پوچھا۔ "کہئے آپ نے چور کو پکڑ لیا؟"

" چھان بین کی تھی' لیکن چور کا کوئی پتہ نہیں چل سکا۔" انسپکٹر صاحب نے جواب دیا۔

" آپ نے روحی کو بھی نہیں ڈانٹا۔" ممّی نے کہا۔ "اس نے جو نقصان کیا ہے' اس کا اس پر کوئی اثر نہیں ہے۔ روز کی طرح آج بھی وہ اسکول سے آکر پڑوس میں پروفیسر صاحب کی لڑکی کے ساتھ کھیلنے چلی گئی ہے۔"

" بیگم شکر کرو کہ چور نے بچی کو نقصان نہیں پہنچایا۔ وہ واقعی کوئی شریف آدمی

تھا۔ اگر چاہتا تو روحی کے کمرے میں لگا ہوا کلاک لے جاتا۔ کچن میں سے کچھ قیمتی برتن نکال کر لے جاتا یا ڈرائنگ روم سے آرائش کا سامان اٹھا کر لے جاتا۔" انسپکٹر صاحب نے برہم ہو کر کہا۔" اگر وہ عادی چور ہوتا تو چوری کے لئے آنے سے پہلے مکان کے مالک اور مکان کے اندرونی نقشے کے بارے میں ضرور معلوم کر لیتا۔"

"کچھ بھی ہو' آپ جلد سے جلد چور کا پتہ لگا کر سزا دلائیے اور اس سے اپنا ہار وصول کیجیے۔"

انسپکٹر صاحب جواب دیئے بغیر نہانے کے لئے چے گئے۔

پھر یہ ایک معمول بن گیا کہ روزانہ شام کو جب انسپکٹر صاحب گھر لوٹتے تو ممّی ان سے چور کی گرفتاری کے بارے میں دریافت کرتیں لیکن جب کئی دن تک انسپکٹر صاحب نے اس سلسلے میں مایوسی ظاہر کی تو وہ سمجھ گئیں کہ انہیں ہار کے نقصان کو برداشت ہی کرنا پڑے گا۔ انہوں نے انسپکٹر صاحب سے چور کے بارے پوچھنا چھوڑ دیا' لیکن روحی اس واقعے کو نہیں بھول سکی۔ اسے یقین تھا کہ کبھی نہ کبھی وہ چور اس کا ہار واپس کرنے ضرور آئے گا۔

تین ہفتے گزر گئے۔ ایک روز سہ پہر کو ممّی گھر پر اکیلی تھیں۔ نوکر بازار گیا ہوا تھا۔ نوکرانی اپنی کوٹھری میں تھی۔ تب ہی محلے کا ایک بارہ تیرہ سالہ لڑکا جمال بنگلے کے اندر داخل ہو کر ممی کے پاس آیا۔ اس نے ہاتھ میں پکڑا ہوا ایک ڈبہ ممی کی طرف بڑھا دیا۔ ممی نے ڈبہ لے کر جمال کی طرف سوالیہ انداز میں دیکھا۔

"ابھی میں آپ کے بنگلے کے پاس سے گزر رہا تھا تو ایک آدمی نے یہ ڈبہ مجھے دے کر کہا کہ اسے آپ کے گھر کے کسی شخص کو دے آؤں۔" جمال نے بتایا۔

ممّی نے حیرانی کے ساتھ ڈبے کو دیکھا۔ دفتی کا ڈبّہ تھا۔ جس کے ڈھکّن کے چاروں طرف اس طرح کا ٹیپ چپکا دیا گیا تھا کہ ٹیپ چھڑائے بغیر ڈبہ کھل نہیں سکتا تھا۔ ممی نے ٹیپ الگ کر کے ڈبّہ کھولا۔ ڈبے میں ایک ہر' دو چاکلیٹ کے پیکیٹ اور ایک تہہ کیا ہوا کاغذ رکھا تھا۔ ممی نے سب سے پہلے ہار اٹھا کر دیکھا یہ وہی ہار تھا۔ جو

کچھ دن پہلے کوئی چور رات کے وقت روحی سے ہتھیا لے گیا تھا۔ ممّی نے جلدی سے ڈبے ّ میں رکھا ہوا کاغذ نکال کر کھولا۔ اس میں لکھا تھا:

" پیاری بے بی:

شاید تم مجھے بھول گئی ہو لیکن میں تمہیں نہیں بھولا۔ جب میں پہلی بار چوری کرنے کے لئے نکلا تھا تو میری تم سے ملاقات ہو گئی تھی اور تمہاری معصوم باتوں نے مجھے چوری سے توبہ کرنے پر مجبور کر دیا تھا۔ خدا کا شکر ہے کہ آج میں ایمان داری کے ساتھ زندگی گزار رہا ہوں۔ تمہارا ہار لوٹا رہا ہوں۔ چاکلیٹ کے دو پیکٹ بھی بھیج رہا ہوں' انھیں قبول کرو۔"

خط کے آخر میں لکھنے والے کا نام نہیں تھا۔

"کیا وہ آدمی ڈبہّ دے کر چلا گیا تھا؟" ممّی نے جمال سے پوچھا۔

"وہ سڑک پر میرا انتظار کر رہا ہوگا۔" جمال نے کہا۔ "مجھے جا کر اسے بتانا ہے کہ ڈبہّ آپ کے ہاتھ میں پہنچ گیا ہے۔"

"جاؤ اسے یہاں بلا ؤ۔ میں اس سے ملنا چاہتی ہوں۔"

جمال چلا گیا۔ ممی بے چینی سے ٹہلتے ٹہلتے احاطے میں نکل آئیں۔ چند منٹ کے بعد جمال نے آکر بتایا کہ وہ آدمی اپنی جگہ پر نہیں ملا۔ جمال اس شخص کا حلیہ بھی ٹھیک نہیں بتا سکا۔ کیوں کہ اس نے جمال سے بات کرتے وقت اپنے چہرے کے کچھ حصے پر رومال رکھ لیا تھا۔ ممی نے جمال کو واپس کر دیا تھا۔ وہ سمجھ گئیں تھیں کہ اس شخص نے جمال سے لوٹ کر خود سے ملنے کے لئے صرف اس لئے کہا ہوگا کہ جمال ایمان داری کے ساتھ ڈبہّ ان کے گھر کے کسی فرد کو پہنچا دے۔ ممکن ہے جمال کی واپسی پر اس نے کسی جگہ چھپ کر اس بات کی تصدیق بھی کر لی ہو۔ بہر حال اس بات میں شک کی کوئی گنجائش نہیں تھی کہ وہ وہی شخص تھا جو روحی کا ہار غلط طریقے سے لے گیا تھا۔ اور اب ڈر کی وجہ سے خود سامنے نہیں آنا چاہتا تھا۔

شام کو انسپکٹر صاحب گھر آئے تو ممی نے روحی کے سامنے انہیں چور کا بھیجا

ہوا دیا اور انہیں ساری تفصیل بتائی۔ روحی چور کی آمد کے بارے میں جان کر حیران رہ گئی۔ انسپکٹر صاحب نے چور کا خط پڑھا۔ ہار اور پیکٹوں کا جائزہ لے کر انہیں روحی کے حوالے کیا اور خود گہری سوچ میں ڈوب گئے۔

روحی کو ہار اور چاکلیٹ پانے کی اتنی خوشی نہیں تھی جتنا اس بات کا افسوس تھا کہ چور نے خود آکر اسے یہ چیزیں نہیں دی تھیں۔

چوتھے روز اتوار تھا۔ صبح کے آٹھ بج چکے تھے۔ انسپکٹر صاحب' روحی اور ممّی بنگلے کے احاطے میں کرسیوں پر بیٹھے دھوپ سینک رہے تھے۔ اچانک سڑک کی طرف لگا ہوا پھاٹک کھلا اور ایک سپاہی ایک ادھیڑ عمر کے شخص کے ساتھ اندر داخل ہوا۔ ادھیڑ عمر کے آدمی نے صاف ستھرے قمیض پاجامے پر سوئٹر پہن رکھا تھا۔ سپاہی اور اس آدمی نے قریب پہنچ کر انسپکٹر صاحب کو سلام کیا۔

"رام سنگھ تم جا سکتے ہو۔" انسپکٹر صاحب نے سلام کا جواب دے کر سپاہی سے کہا۔ سپاہی چلا گیا۔ تو وہ ایک خالی کرسی کی طرف اشارہ کر کے دوسرے آدمی سے بولے۔ "بیٹھ جاؤ ساجد کیسے ہو؟"

"آپ نے مجھے کیوں بلایا ہے؟" ساجد نے بیٹھ کر خوف زدہ آواز میں پوچھا۔

"ڈرو نہیں۔ میں صرف تم سے ملنا چاہتا تھا۔" انسپکٹر صاحب نرم آواز میں کہہ کر روحی سے مخاطب ہوئے۔ "بیٹی' یہ ساجد صاحب ہیں۔ انہوں نے ہی تین دن پہلے تمھارے لئے چاکلیٹ کے پیکٹ بھیجے تھے۔"

"سچ۔" روحی حیرت اور خوشی کی ملی جلی آواز میں بولی۔ "کیا آپ ہی ایک روز رات میں میرے کمرے میں آئے تھے؟"

"کیا تم روحی کا ہار لے گئے تھے؟" ممّی نے غور سے ساجد کو دیکھتے ہوئے پوچھا۔

"جی ہاں میں نے ہی یہ جرم کیا تھا۔" ساجد نے مغموم آواز میں کہا۔ "لیکن انسپکٹر صاحب آپ نے میرا پتہ کیسے چلا لیا؟"

"جس رات تم روحی کا ہار لے گئے تھے' اس کے دو دن بعد میں نے شہر کے بہت سے سناروں سے پوچھ گچھ کی تھی۔ ان میں سے ایک سنار کے یہاں مجھے روحی کا ہار ملا۔ یہ ہار لے جانے کے بعد تم نے دوسرے ہی دن سنار کو دے دیا تھا اور بدلے میں کچھ رقم اس شرط پر لے آئے تھے کہ تین ماہ بعد روپے ادا کر کے ہار واپس لے آؤ گے۔ یہی تمہاری غلطی تھی۔ اگر تم نے ہار سنار کی دوکان کے بجائے کہیں اور گروی رکھا ہوتا یا اسے بیچ دیا ہوتا تو مجھے تمہارے بارے میں کبھی نہیں معلوم ہوتا' لیکن تم شاید روحی کو وہی ہار لوٹانا چاہتے تھے' اس لئے تم نے اسے فروخت نہیں کیا تھا۔ بہر حال میں نے سنار سے تمہارا نام اور پتہ معلوم کر کے اسے اطمینان دلا دیا کہ تمہارے خلاف کوئی جرم نہیں ہے اور جب تم دوبارہ اس کے پاس پہنچو تو وہ میرے بارے میں کچھ نہ بتائے۔"

انسپکٹر صاحب چند لمحوں کے لئے چپ ہو گئے۔ ممّی حیران تھیں کہ انسپکٹر صاحب نے پہلے انہیں حقیقت نہیں بتائی تھی۔ ساجد بھی حیرت سے انھیں تک رہا تھا' لیکن روحی کی نظریں ساجد کے چہرے پر جمی ہوئی تھیں۔ انسپکٹر صاحب بولے۔

"اس کے بعد میں نے ایک سپاہی کے ذریعے تمھارے بارے میں معلومات حاصل کیں تو معلوم ہوا کہ تم ایک پچھڑے ہوئے علاقے کے معمولی سے مکان میں رہتے ہو۔ تمہاری بیوی مر چکی ہے اور تمہاری ایک بارہ سال کی بیٹی صابرہ ہے۔ کچھ دن پہلے صابرہ کو نمونیہ ہو گیا تھا' جو بعد میں خطرناک صورت اختیار کر گیا تھا۔ تمہارے پاس اپنا رکشا تھا۔ بیٹی کے اچھے سے اچھے علاج کے لئے تم دن رات رکشا چلانے لگے۔ جب تم گھر پر نہیں ہوتے تھے تو پڑوس کی ایک بوڑھی عورت صابرہ کی دیکھ بھال کر دیتی تھی۔ بہر حال ایک روز تمہاری مالی حالت اتنی خراب ہو گئی کہ تمہیں چوری کے ارادے سے ہمارے یہاں آنا پڑا۔"

"جب آپ نے میرا سراغ لگا لیا تھا تو آپ نے مجھے گرفتار کیوں نہیں کیا؟" ساجد نے پوچھا۔

"ساجد۔ میں قانون کا محافظ ہوں۔ قانون برائیوں کو ختم کرنا چاہتا ہے۔

تمہارے بارے میں چھان بین کرنے کے بعد میں اس نتیجے پر پہنچا کہ تم ایک نیک آدمی بن کر زندگی گزارنے کا فیصلہ کر چکے ہو۔ پھر میں تمہیں گرفتار کر کے تمہاری پریشانیوں کو کیوں بڑھاتا؟"

انسپکٹر صاحب نے کہا۔ بہر حال شروع شروع میں کچھ دن تک تو میں نے تمہاری خبر رکھی تھی۔ پھر جب تمہاری بیٹی کی طبیعت سنبھلنے لگی تھی تو تمہاری نگرانی ختم کرادی تھی۔ لیکن تین دن پہلے جب تم نے روحی کا ہار واپس کیا تو مجھے حیرت ہوئی کہ تم سنار سے اتنی جلدی ہار کیسے لے آئے؟ میں نے اپنے طور پر اس کی تفتیش کرنے کے لئے آج تمہیں بلا لیا تاکہ تم خود اس سوال کا جواب دے دو۔"

"انسپکٹر صاحب میں نے روحی کا ہار گروی ضرور رکھ دیا تھا۔ لیکن ضمیر اس بات پر مجھے ہر وقت برا بھلا کہتا رہتا تھا۔ اس کے علاوہ میں تین مہینے میں اتنے روپے بھی نہیں جوڑ سکتا تھا جن سے ہار واپس مل سکتا۔ مجبوراً میں نے اپنا رکشا بیچ دیا۔ اس سے جو رقم ملی اس سے سنار کی ادائیگی کر کے ہار واپس لے آیا۔ اب میں کرائے کا رکشہ چلاتا ہوں۔ روحی کا ہار لوٹا کر میرے دل پر سے ایک بڑا بوجھ ہٹ گیا ہے۔"

ساجد کا جواب سن کر انسپکٹر صاحب کے ساتھ ساتھ ممّی پر بھی بڑا اثر ہوا۔

"تم واقعی اچھے آدمی ہو۔ اب تمہاری بیٹی کیسی ہے؟" ممّی نے پوچھا۔

"اب وہ تندرست ہے۔"

"اپنی بیٹی کو ضرور لایئے گا۔ میں اس کے ساتھ کھیلوں گی۔" روحی بول پڑی۔

"میں ضرور لاؤں گا بیٹی۔"

"اور اگر آئندہ تمہارے سامنے کوئی پریشانی آئے تو مجھے ضرور بتانا۔ میں اسے دور کرنے کی کوشش کروں گا۔" انسپکٹر صاحب نے ساجد سے کہا۔

تھوڑی دیر کے بعد ساجد کو رخصت کرتے ہوئے ممّی نے اسے مٹھائی کا ایک ڈبہ اور کچھ روپے اس کی بیٹی کے لئے دیے۔

ساجد آج دوسری بار اس گھر سے جارہا تھا اور آج دوسری بار بھی اس کی آنکھیں بھیگی ہوئی تھیں۔

(۱۹۷۶)

اغوا

شام کے ساڑھے چار بجے تھے۔ ڈاکٹر اشرف ڈسپنسری جانے کی تیاری کر رہے تھے۔ آئینے کے سامنے کھڑے وہ ٹائی باندھ رہے تھے کہ ان کی بیگم کمرے میں داخل ہوئیں۔ تقریباً چالیس سال کی عمر تھی۔ اس وقت وہ کچھ گھبرائی ہوئی سی تھیں۔

"کیا بات ہے۔ تم کچھ پریشان لگ رہی ہو؟" ڈاکٹر صاحب نے ان کی طرف گھوم کر پوچھا۔

"جمال ابھی تک اسکول سے نہیں لوٹا۔ روز تو چار بجے تک آ جاتا ہے۔" بیگم صاحبہ نے کہا۔

"ہو سکتا ہے نسیم کے ساتھ اس کے گھر چلا گیا ہو یا اسکول میں کسی وجہ سے دیر ہو گئی ہو۔"

"پہلے ایسا کبھی نہیں ہوا۔ آپ ٹیلی فون پر معلوم کر لیجیے۔"

ڈاکٹر صاحب نے کچھ سوچا، پھر بیگم صاحبہ کے ساتھ ڈرائنگ روم میں گئے۔

جہاں ٹیلی فون رکھا ہوا تھا۔ ڈاکٹر صاحب نے جمال کے اسکول کے نمبر ڈائل کئے۔ دوسری طرف گھنٹی بجی۔ لیکن کسی نے ریسیور نہیں اٹھایا۔ دوبارہ کوشش کرنے کے بعد ڈاکٹر صاحب نے اپنے دوست انجینئر حیدر کے گھر ٹیلی فون کیا۔ جن کا لڑکا نسیم ان کے بیٹے جمال کے ساتھ مشن اسکول میں نویں جماعت میں پڑھتا تھا۔ دوسری طرف سے کسی ملازم نے بتایا کہ انجینئر صاحب ابھی آفس سے واپس نہیں آئے۔ اور نہ ہی جمال اور نسیم وہاں ہیں۔ ڈاکٹر صاحب نے ریسیور رکھ دیا۔ جمال اور نسیم کا پتہ نہ چلنے سے بیگم صاحبہ کے چہرے پر ہوائیاں اڑنے لگیں۔ ڈاکٹر صاحب نے نوکر کو اسکول تک بھیج کر لڑکوں کی خبر منگوانے کا ارادہ کیا لیکن بیگم صاحبہ نے نوکر کے بجائے ان کے خود جانے پر زور دیا۔ معاملہ اہم تھا۔ ڈاکٹر صاحب نے بیگم صاحبہ کی بات مان لی۔ کمپاؤنڈر ڈاکٹر صاحب کے گھر سے چابیاں لے جا کر صفائی کے لئے چار بجے ڈسپنسری کھول دیتا تھا۔ ڈاکٹر صاحب پانچ بجے پہنچتے تھے۔ آج انہوں نے ڈسپنسری دیر سے جانا طے کیا۔ وہ بنگلے سے باہر نکلے۔ احاطے میں ڈرائیور کار لئے موجود تھا۔ ڈاکٹر صاحب اس سے جمال کے اسکول چلنے کو کہہ کر پچھلی سیٹ پر بیٹھ گئے۔ جمال اور نسیم اسکول پیدل آتے جاتے تھے۔ ڈاکٹر صاحب سڑک پر چلنے والے لڑکوں کو غور سے دیکھتے جا رہے تھے۔ دس منٹ کے بعد کار اسکول کے گیٹ پر رکی۔ اسکول بند تھا چوکیدار نے بتایا کہ آج اسکول کی چھٹی ڈھائی بجے کر دی گئی تھی۔

چوکیدار کی بات سن کر ڈاکٹر صاحب فکر مند ہو گئے۔ جمال اور نسیم اسکول کے بعد سیدھے گھر پہنچتے تھے۔ دونوں کا کوئی ایسا دوست بھی نہیں تھا جس کے گھر جا کر ان کے بارے میں کچھ معلوم کیا جا سکتا۔

ڈاکٹر صاحب کے مکان سے ایک طرف انجینئر صاحب کا بنگلہ نصف میل دور اور دوسری سمت میں اسکول ایک میل کے فاصلے پر تھا۔ روزانہ صبح نسیم ان کے بنگلے پر آکر جمال کے ساتھ اسکول جاتا تھا۔ واپسی میں وہ جمال کو چھوڑتا ہوا اپنے گھر چلا جاتا تھا۔ ڈاکٹر صاحب اسکول تک، اسی سڑک سے آئے تھے۔ جس سے دونوں لڑکے آیا جایا کرتے تھے۔ چوکیدار کو لڑکوں کے گھر نہ پہنچنے کے بارے میں بتا کر انہوں نے ڈرائیور

سے ایک لمبے راستے سے ہو کر انجینئر صاحب کے بنگلے پر چلنے کو کہا۔ اس راستے سے ڈاکٹر صاحب کا مکان بیچ میں نہیں پڑتا تھا۔ اور انجینئر صاحب کے بنگلے تک پہنچنے میں وقت بھی دوگنا لگتا تھا۔ ڈاکٹر صاحب نے ادھر نظر ڈال لینا بھی مناسب سمجھا۔ لیکن ادھر بھی مایوسی کے سوا کچھ نہ ملا۔

ڈاکٹر صاحب انجینئر صاحب کے بنگلے پر پہنچے تو پانچ بج چکے تھے۔ انجینئر صاحب چند منٹ قبل آفس سے لوٹے تھے اور نوکروں سے نسیم کی غیر موجودگی کے بارے میں پوچھ گچھ کر رہے تھے۔ ڈاکٹر صاحب نے انہیں ساری بات بتائی۔

" عجیب بات ہے۔" انجینئر صاحب بڑبڑائے۔" لڑکے بتائے بغیر کہیں جاتے نہیں۔ آخر دونوں کہاں رہ گئے۔؟"

" معاملہ گڑ بڑ معلوم ہوتا ہے۔" ڈاکٹر صاحب بولے" سوچو کیا کیا جائے۔"

" اشوک سے ملا جائے۔؟" انجینئر صاحب نے ڈاکٹر صاحب کی آنکھوں میں دیکھتے ہوئے پوچھا۔

" یہی مناسب ہے۔" ڈاکٹر صاحب نے ایک طویل سانس لی۔

اشوک ورما' ڈاکٹر صاحب اور انجینئر صاحب کے دوست تھے۔ وہ سپر نٹنڈنٹ پولیس تھے۔ انجینئر صاحب نے ٹیلی فون پر پتہ چلایا۔ وہ اپنے مکان پر موجود تھے۔ ان سے اپنا اور ڈاکٹر صاحب کا انتظار کرنے کو کہہ کر انجینئر صاحب نے ٹیلی فون بند کر دیا۔ پھر ڈاکٹر صاحب نے اپنے گھر ٹیلی فون کیا۔ ادھر سے بیگم صاحبہ نے بڑی پریشان آواز میں بتایا کہ جمال یا نسیم ابھی تک وہاں نہیں پہنچے ہیں۔ ڈاکٹر صاحب نے انہیں تسلی دی اور سپر نٹنڈنٹ صاحب کے یہاں اپنی روانگی کے بارے میں بتا کر سلسلہ منقطع کر دیا۔

سپر نٹنڈنٹ صاحب کے مکان پر جب یہ دونوں پہنچے تو انھیں اپنا منتظر پایا۔ ڈاکٹر صاحب نے انھیں اصل ماجرہ سنایا۔

" جمال اور نسیم کو اسکول سے چلے ہوئے کئی گھنٹے ہو چکے ہیں۔" سپر نٹنڈنٹ صاحب نے سوچ میں ڈوب کر کہا۔" مگر تم لوگ پریشان نہ ہو۔ میں ابھی انھیں

ڈھونڈنے کے لئے سارے جتن کر ڈالوں گا۔"

"سمجھ میں نہیں آتا دونوں کہاں غائب ہو گئے۔" ڈاکٹر صاحب بولے۔

"یہی معلوم کرنا ہے۔" سپر نٹنڈنٹ صاحب نے کہا۔

"تم لوگ جاؤ اور جلد سے جلد کسی نوکر کے ہاتھ دونوں لڑکوں کی ایک ایک تصویر بھیج دو۔ تھانے میں باقاعدہ رپورٹ بھی کر دینا۔"

"اشوک اب یہ معاملہ تمہیں سلجھانا ہے۔ ہماری ساری امیدیں تم سے وابستہ ہیں۔" ڈاکٹر صاحب کی آواز پہلی بار کچھ ذرا کپکپائی ہوئی سی لگی۔

"خدا لڑکوں کی حفاظت کرے گا۔" سپر نٹنڈنٹ صاحب نے ڈاکٹر صاحب کا کندھا دبا کر کہا۔"گھر جاؤ۔ بھابھی پریشان ہوں گی۔ انھیں حوصلہ دینا۔ رات میں کسی وقت میں خود بھی گھر تمہارے آؤں گا۔"

ڈاکٹر صاحب اور انجینئر صاحب اداس اداس چہروں کے ساتھ واپس چلے تو چھ بج گئے تھے۔ اور چاروں طرف اندھیرا پھیل چکا تھا۔

ڈاکٹر صاحب اور انجینئر صاحب بچپن کے دوست تھے۔ دونوں کی عمر پینتالیس کے لگ بھگ تھی۔ انجینئر صاحب کی بیوی اب اس دنیا میں نہیں تھیں۔ سپر نٹنڈنٹ صاحب کسی دوسرے شہر کے رہنے والے تھے۔ بیس برس پہلے وہ پہلی بار اس شہر میں صدر تھانے کے انچارج ان کر آئے تھے۔ اسی زمانے سے ان کی ڈاکٹر صاحب اور انجینئر صاحب سے دوستی تھی۔ انھیں یہ شہر اتنا پسند آیا تھا کہ درجنوں بار دوسری جگہوں پر بھیجے گئے لیکن پھر کر بار بار یہیں واپس آ گئے۔ اپنی محنت اور لگن کے بل پر وہ سب انسپکٹر کے عہدے سے ترقی کرتے کرتے ملازمت کے آخری دنوں میں سپر نٹنڈنٹ ہو گئے تھے۔

شام کو سپر نٹنڈنٹ صاحب کے پاس سے آتے ہی انجینئر صاحب نے نسیم کے البم سے جمال اور نسیم کی کچھ تصویریں نکال کر انھیں بھیج دی تھیں۔ تھانے میں

رپورٹ بھی کر دی گئی۔ اس وقت رات کے ساڑھے نو بجے تھے۔ انجینئر صاحب ڈاکٹر صاحب کے بنگلے پر تھے۔ وہ اور ڈاکٹر صاحب ڈرائنگ روم میں کرسیوں پر بیٹھے تھے۔ بیگم صاحبہ بھی ایک آرام کرسی پر بیٹھی تھیں۔

"سپرنٹنڈنٹ صاحب کی طرف سے کوئی خبر نہیں ملی۔" بیگم صاحبہ نے کمزور سی آواز میں کہا۔

"میں نے انھیں ٹیلی فون کیا تھا لیکن ملاقات نہیں ہو سکی۔" انجینئر صاحب بولے۔ "صدر تھانے سے پتہ چلا کہ وہ بھاگ دوڑ میں لگے ہوئے ہیں۔ آس پاس کے تھانوں کو بھی جمال اور نسیم کے بارے میں بتا کر ان کی تصویروں کی شناخت کرا دی گئی ہے۔"

اس کے بعد پھر خاموشی چھا گئی۔ تینوں کی نظریں بار بار دیوار پر لگے ہوئے کلاک کی تیزی سے آگے بڑھتی ہوئی سوئیوں کی طرف اٹھ جاتی تھیں۔ تھوڑی تھوڑی دیر کے بعد کوئی نوکر اس امید پر ڈرائنگ روم میں جھانک جاتا تھا کہ شاید کھانا طلب کر لیا جائے۔ لیکن کھانے کا ہوش کسے تھا۔

دس بجے ملازم نے سپرنٹنڈنٹ صاحب کی آمد کی اطلاع دی۔ ڈاکٹر صاحب اور انجینئر صاحب بے تابی سے باہر پہنچے۔ سپرنٹنڈنٹ تنہا تھے۔ ان کے چہرے سے تھکن ٹپک رہی تھی۔

"جمال اور نسیم ملے؟" بیگم صاحبہ نے سپرنٹنڈنٹ صاحب کے سلام کا جواب دے کر پوچھا۔

"میں شرمندہ ہوں۔ ابھی تک دونوں کا پتہ نہیں چلا۔ میں نے اسکول کے پرنسپل سے مل کر جمال اور نسیم کے کچھ ہم جماعت لڑکوں کے پتے حاصل کر کے ان سے پوچھ گچھ کی تھی۔ سارے ہوٹلوں کو کھنگال ڈالا' غنڈوں کے اڈوں پر چھاپے ڈالے لیکن ہر جگہ مایوسی ہوئی۔" سپرنٹنڈنٹ صاحب نے بتایا۔" اس وقت میں نے تین اور بدنام اڈوں پر چھاپہ مارنے کے لئے سپاہی بھیجے ہیں۔ میں یہیں بیٹھ کر تینوں جگہوں کی رپورٹ کا انتظار کروں گا۔"

سب کے چہرے اتر گئے۔ کمرے میں ایک تکلیف دہ خاموشی چھاگئی۔ تھوڑی دیر میں گھر کا ایک بوڑھا ملازم اپنے ہاتھوں پر چائے کی ٹرے اٹھائے ہوئے وہاں آیا۔ اس نے ایک میز کھینچ کر ان لوگوں کے درمیان کی اور اس پر چائے کی ٹرے رکھ دی۔ پھر اس نے پیالیوں میں چائے بنا کر سب کو پیش کی۔ ڈاکٹر صاحب اور انجینئر صاحب کا چائے پینے کو جی نہیں چاہا۔ بیگم صاحبہ نے بھی انکار کر دیا۔

"بھئی اس طرح ہمت ہارنے سے کام نہیں چلے گا۔"

سپرنٹنڈنٹ صاحب بولے" تم لوگوں نے شاید شام کا کھانا بھی نہیں کھایا ہوگا۔ یہ غلط ہے۔ چائے پیو۔ خدا نے چاہا تو کوئی بہتر صورت نکلے گی۔"

سپرنٹنڈنٹ صاحب کے سمجھانے بجھانے پر ان لوگوں نے چائے پی لی۔ کچھ وقت اور گزرا۔ پونے گیارہ بجے کے قریب پاس رکھے ہوئے ٹیلی فون کی گھنٹی بجی۔ ڈاکٹر صاحب نے ریسیور اٹھایا' کچھ سنا اور ریسیور سپرنٹنڈنٹ صاحب کی طرف بڑھا دیا۔ صدر تھانہ کا انچارج تھا۔ اس نے تینوں اڈوں پر کاروائی پوری ہونے کی اطلاع دی۔ جمال اور نسیم کا پتہ وہاں بھی نہیں چلا تھا۔ سپرنٹنڈنٹ صاحب نے اسے کچھ ہدلیات دے کر ریسیور رکھ دیا۔

" جمال اور نسیم کی گمشدگی کی خبر ان کی تصویروں کے ساتھ مقامی اخبار کے دفتر میں دے دی گئی ہے۔ بہت ممکن ہے ....."

سپرنٹنڈنٹ صاحب کی بات ختم ہونے سے پہلے ٹیلی فون کی گھنٹی دوبارہ بج اٹھی۔ سپرنٹنڈنٹ صاحب نے خود ریسیور اٹھالیا۔ دوسری طرف سے انچارج نے بتایا کہ جمال اور نسیم مل گئے ہیں۔

"کہاں ملے۔ انھیں کوئی نقصان تو نہیں پہنچا ہے؟"۔ سپرنٹنڈنٹ صاحب نے تیزی سے پوچھا۔

" لڑکے محفوظ ہیں۔ تھوڑی دیر پہلے دہرہ دون ایکسپریس سے اتر کر اسٹیشن سے گھر کے لئے رکشے پر بیٹھ رہے تھے تو ایک سپاہی نے دیکھ لیا اور انھیں تھانے لے آیا۔" انچارج نے جواب دیا۔

"لڑکوں کو تم خود ڈاکٹر صاحب کے یہاں فوراً پہنچاؤ۔"

سپرنٹنڈنٹ صاحب نے ٹیلی فون کا سلسلہ ختم کر دیا۔ لڑکوں کے مل جانے کی خوش خبری سے ڈاکٹر صاحب، انجینئر صاحب اور بیگم صاحبہ کے مرجھائے ہوئے چہروں پر تازگی آ گئی۔

پندرہ منٹ بعد جمال اور نسیم دوڑتے ہوئے ڈرائنگ روم میں گھسے۔ بیگم صاحبہ نے آگے بڑھ کر انھیں لپٹا لیا۔ خوشی کی زیادتی سے بیگم صاحبہ کی آنکھوں میں آنسو آ گئے۔

لڑکوں کے پیچھے گھر کے ایک ملازم کے ساتھ تھانے دار وہاں آیا۔ اس نے سپرنٹنڈنٹ صاحب کو سیلوٹ دیا۔

سپرنٹنڈنٹ صاحب اسے لے کر باہر چلے گئے۔ تھانیدار کو ضروری ہدایتیں دے کر وہ دوبارہ ڈرائنگ روم میں پہنچے تو جمال اور نسیم انگیٹھی پر جھکے ہوئے خود کو گرما رہے تھے۔ ڈاکٹر صاحب اور انجینئر صاحب ان کی گمشدگی کا راز جاننے کو بے تاب تھے۔ اور بیگم صاحبہ جلدی جلدی وہاں موجود ملازم کو کھانا لگانے کا حکم دے رہی تھیں۔ ماحول بدل گیا تھا۔ سب کے چہرے کھلے ہوئے تھے۔

" شیطانو! تمہارے غائب ہونے سے سب لوگ پریشان تھے۔" سپرنٹنڈنٹ صاحب نے جمال اور نسیم کی پیٹھ پر ہلکی سی دھول جماتے ہوئے کہا۔" تم دونوں کہاں تھے؟"

"انکل ہمیں ڈاکو پکڑ لے گئے تھے۔" نسیم نے اطمینان سے جواب دیا۔

"ڈاکو!" بیگم صاحبہ کے مونھ سے نکلا۔

" جلدی سے پوری بات بتاؤ۔" سپرنٹنڈنٹ صاحب نے بے چینی سے کہا۔

" آج ہم چھٹی کے بعد ہم اسکول سے لوٹ رہے تھے۔" جمال نے بتانا شروع کیا۔" جب دوسرے لڑکے اپنے اپنے راستوں پر چلے گئے اور ہم اکیلے رہ گئے تو ایک بادامی رنگ کی کار ہمارے پاس آکر رکی۔ ڈرائیور کی جگہ ایک جوان آدمی بیٹھا تھا اس

کے چہرے پر چھوٹی سی داڑھی اور آنکھوں پر عینک تھی۔ کار کی پچھلی سیٹ پر گھنی داڑھی مونچھوں والا ایک آدمی بیٹھا تھا۔ جوان آدمی نے مجھ سے میرا اور ڈیڈی کا نام پوچھ کر بتایا کہ تھوڑی دیر پہلے ڈیڈی کار میں سفر کرتے ہوئے ایک ٹرک سے بری طرح زخمی ہو گئے ہیں۔ وہ ضلع ہسپتال میں پڑے ہیں۔ اور اس شخص کو مجھے ہسپتال لے جانے کے لئے بھیجا گیا ہے۔ خبر سن کر میں اور نسیم گھبرا گئے۔ پیچھے بیٹھے ہوئے آدمی نے کار کا دروازہ کھولا۔ وہ بیچ سیٹ پر بیٹھا تھا۔ ہم دونوں اس کے دائیں بائیں بیٹھ گئے۔ کار چلنے کے بعد ہمارے درمیان بیٹھے ہوئے آدمی نے نسیم سے نام وغیرہ پوچھا۔ پھر اچانک اس نے اپنے دونوں ہاتھوں سے ہماری گردنیں دبالیں۔ معمولی سی دیر میں ہم بے ہوش ہو گئے۔"

جمال سانس لینے کے لئے رکا تو سب لوگ حیرت سے اس کی داستان سن رہے تھے۔ صرف نسیم کی توجہ انگیٹھی کی طرف تھی۔

"ہوش آیا تو ہم نے اپنے آپ کو ایک بڑے غار میں بستر پر پڑا ہوا پایا۔ غار کے اندھیرے کو دور کرنے کے لئے کئی موم بتیاں جل رہی تھیں۔ اس وقت ہم دن رات کا اندازہ بھی نہیں کر سکے۔ غار میں چاروں طرف بندوقیں، پستول اور لڑائی کا دوسرا سامان لٹک رہا تھا۔ وہاں دس بارہ آدمی موجود تھے۔ سب نے اپنے چہرے پر کسی نہ کسی کپڑے سے چھپا رکھے تھے۔ وہ سب نیچی آواز میں باتیں کر رہے تھے۔ ہم اچھل کر کھڑے ہوئے تو وہ چپ ہو گئے۔ ان سے الگ تھلگ ایک اونچی سی جگہ پر ایک آدمی بیٹھا ہوا تھا۔ اس کا چہرہ بھی نقاب میں تھا۔ صرف آنکھیں دکھائی دے رہی تھیں۔ میں نے چیخ کر پوچھا وہ لوگ کون ہیں۔ اور ہمیں کیوں پکڑ لائے ہیں۔ اس پر الگ بیٹھے ہوئے آدمی نے بتایا کہ وہ ڈاکو ہیں، اور وہ خود ان کا سردار ہے۔ آج اس نے اپنے آدمیوں کو کسی امیر آدمی کے لڑکے کو اٹھا لانے کے لئے بھیجا تھا تاکہ لڑکے کے گھر والوں کو دھمکا کر ان سے کچھ دولت ہتھیا سکے اور تب لڑکے کو انھیں واپس کیا جائے۔ اس کے آدمی اتفاق سے ہمیں اٹھا لے گئے۔ لیکن سردار کا ارادہ نہ تو ہمارے گھر والوں سے روپیہ طلب کرنے کا تھا اور نہ ہمیں کوئی نقصان پہنچانے کا۔ اس نے ہمیں دو دن

بعد گھر پہنچادینے کا وعدہ کیا۔ لیکن میں اور نسیم فوری واپسی کے لئے مچل گئے۔ سردار شاید ڈیڈی، انجینئر انکل اور سپر نٹنڈنٹ انکل کی دوستی کے بارے میں جانتا تھا۔ اس نے کہا کہ اس وقت سپر نٹنڈنٹ کے آدمی سارے شہر میں ہمیں ڈھونڈ رہے ہوں گے۔ وہ ہمیں گھر تک پہنچانے کا خطرہ ہرگز مول نہیں لے سکتا۔ لیکن ہماری ضد سے مجبور ہو کر اس نے ہمیں اسی وقت ہر دوئی کے ریلوے اسٹیشن تک بھجوانا منظور کر لیا۔ جہاں سے ٹرین میں بیٹھ کر ہم خود اپنے شہر آسکتے تھے۔ اس نے ٹکٹ خریدنے کے لئے ہمیں روپے دئے۔ روانہ کرنے سے پہلے زبردستی ہمیں کچھ پھل کھلائے اور اپنے آدمیوں کو تاکید کی کہ راستے میں ہمیں کوئی تکلیف نہ ہونے پائے۔ غار سے باہر نکالنے سے پہلے ہمارے آنکھوں پر پٹی باندھی گئی۔ تھوڑی دور اونچی نیچی زمین پر چلانے کے بعد ہمیں کار میں بٹھایا گیا۔ کار چلنے کے لگ بھگ دو گھنٹے کے بعد ہر دوئی ریلوے اسٹیشن سے کچھ فاصلے پر ایک سنسان اور تاریک جگہ پر رکی۔ آنکھوں کی پٹی کھول کر ہمیں وہاں اتار دیا گیا۔ ہمیں وہاں تک لانے والے وہی دونوں آدمی تھے جو ہمیں اسکول سے واپسی پر دھوکے سے اپنے ساتھ لے گئے تھے۔ کار بھی وہی تھی۔ ہمارے اترتے ہی کار فراٹے بھرتے ہوئے اوجھل ہو گئی۔ ہم اسٹیشن کی عمارت میں گئے۔ ساڑھے سات بجے تھے۔ ساڑھے نو بجے ہمیں گھر کے لئے ٹرین ملی۔"

"تم دونوں کو اغوا کرنے والے آدمی بھیس بدلے ہوئے ہوں گے ورنہ وہ غار میں بھی تمہارے سامنے آتے۔" سپر نٹنڈنٹ صاحب نے کہا۔ "اندازاً تم لوگ کتنی دیر غائب رہے ہو گے؟"

"ہوش میں آنے کے بعد کم سے کم ڈیڑھ گھنٹے تک۔"

نسیم نے کہا۔

"اس کا مطلب ہے کہ تم لوگوں کو کافی دیر تک بے ہوش رکھا گیا۔" سپر نٹنڈنٹ صاحب نے کہا۔ پھر انہوں نے جمال اور نسیم سے ڈاکوؤں کے بارے میں بہت سے سوال پوچھے۔ لیکن کوئی خاص بات نہیں معلوم کر سکے۔ اس کے بعد وہ ڈاکٹر صاحب اور انجینئر صاحب کی طرف مڑے اور مسکراتے ہوئے پوچھا۔ "اس ڈاکو نے

جمال اور نسیم کے بدلے میں روپیہ مانگے بغیر انھیں کیوں آزاد کر دیا۔ کیا تم لوگوں کا اس سے کوئی تعلق ہے؟"

"ہمیں خود تعجب ہے کہ قابو میں آجانے کے بعد اس نے لڑکوں کو اتنی آسانی سے کیوں چھوڑ دیا۔" انجینئر صاحب نے جواب دیا۔

اسی وقت نوکر نے آکر کھانا لگ جانے کی اطلاع دی۔ اور سب لوگ کھانے کے کمرے میں جانے کے لئے اٹھ گئے۔

اگلے روز سے جمال اور نسیم کو کار میں اسکول بھیجا جانے لگا۔ چھٹی کے بعد انھیں کار میں ہی گھر لایا جاتا۔ لیکن چند روز میں لڑکے اس پابندی سے اکتا گئے۔ ڈاکٹر صاحب اور انجینئر صاحب نے بھی اسے فضول احتیاط سمجھ کر انہیں پہلے کی طرح پیدل اسکول آنے جانے کی اجازت دے دی۔

ڈاکٹر صاحب اور انجینئر صاحب دماغ پر خوب زور دینے کے باوجود اس ڈاکو کا معمہ حل نہیں کر سکے تھے۔ تھک ہار کر انھوں نے اس حادثے کے بارے میں سوچنا ہی چھوڑ دیا۔ دو مہینے گزر گئے۔

ایک صبح ڈاکٹر صاحب کے ڈسپنسری جانے سے پہلے سپرنٹنڈنٹ صاحب کا ٹیلی فون آیا۔ انھوں نے ڈاکٹر صاحب سے کہا۔ "آج کے انگریزی اخبار 'نیوز' میں شفقن نامی ڈاکو کی تصویر چھپی ہے۔ تصویر دیکھ کر اس کی اصلیت جاننے کی کوشش کرو۔ مجھے شک ہے کہ یہی وہ شخص ہے جس نے کچھ عرصہ پہلے جمال اور نسیم کو پکڑوا کر چھوڑ دیا تھا۔ انجینئر کو بھی میرے خیال سے آگاہ کر دینا۔"

ڈاکٹر صاحب نے کچھ پوچھنا چاہا لیکن سپرنٹنڈنٹ صاحب نے یہ کہہ کر سلسلہ ختم کر دیا کہ شام کو نو بجے وہ ان سے اور انجینئر صاحب سے ملنے ان کے گھر آئیں گے۔

ڈاکٹر صاحب نے اخبار 'نیوز' میں ڈاکو شفقن کی تصویر دیکھی۔ یہ داڑھی مونچھوں والا ادھیڑ عمر کا آدمی تھا۔ تصویر کے ساتھ خبر تھی کہ ایک روز قبل رات

میں ہردوئی کے قصبہ شاہ آباد میں ڈکیتی ڈالتے ہوئے ڈاکو شفّن پولیس کے ہاتھوں گرفتار ہوا۔ فی الحال وہ ہردوئی کے جیل خانے میں ہے۔ خبر میں اور کوئی تفصیل نہیں تھی۔

ڈاکٹر صاحب بہت دیر تک تصویر کو دیکھتے رہے۔ انھوں نے بیگم صاحبہ اور جمال کو بھی تصویر دکھا کر سپرنٹنڈنٹ صاحب کے شک کے بارے میں بتایا۔ جمال نے بہت غور سے تصویر کو دیکھا لیکن وہ کیا کہہ سکتا تھا۔ اس نے غار میں ڈاکوؤں کے چہرے تو دیکھے نہیں تھے۔

ڈاکٹر صاحب ٹیلی فون پر انجینئر صاحب سے بات کر کے ڈسپنسری چلے گئے۔ دوپہر میں ڈسپنسری بند کر کے گھر آئے تو روز کی طرح کھانا کھا کر آرام کرنے کی بجائے ڈاکو شفّن کی تصویر دیکھتے رہے۔ لیکن انھیں یہ شبہ نہیں ہو سکا کہ انھوں نے پہلے کبھی اس ڈاکو کو دیکھا ہے۔ شام کو الجھے ہوئے دماغ کے ساتھ وہ دوبارہ ڈسپنسری چلے گئے۔ ساڑھے آٹھ بجے لوٹے تو انجینئر صاحب بھی نسیم کے ساتھ آ گئے۔ سب لوگ ڈرائنگ روم میں جمع ہو گئے۔ انجینئر صاحب بھی ڈاکو شفّن کی تصویر سے کسی نتیجے پر نہیں پہنچ سکے تھے۔ نو بجے سپرنٹنڈنٹ صاحب آئے۔

"تم لوگوں نے اس ڈاکو کی حقیقت جان لی؟۔" سپرنٹنڈنٹ صاحب نے کہا۔

"ہم لوگ اسے نہیں پہچان سکے۔" انجینئر صاحب نے جواب دیا۔ "آخر تمہیں اس پر ڈاکوؤں کے سردار ہونے کا شک کیوں ہے جو جمال اور نسیم کو غار میں ملا تھا؟"

"میرا شک صحیح ثابت ہو چکا ہے۔" سپرنٹنڈنٹ صاحب نے کہا۔ "آج دوپہر میں ہردوئی جا کر میں نے ڈاکو شفّن سے ملاقات کی تھی۔ اس نے میرے خیال کی تصدیق کی اور اپنی زندگی کی کہانی بھی سنائی۔ لیکن وہ اپنے ساتھیوں کا بڑا وفادار نکلا۔ جو پولیس سے مڈبھیڑ کے بعد بھاگ نکلنے میں کامیاب ہو گئے تھے۔ اس نے ان کے یا اپنے خفیہ اڈے کے بارے میں ایک لفظ نہیں بتایا۔ اس کار کا بھی پتہ نہیں چلا جس پر جمال اور نسیم کا اغوا کیا گیا تھا۔"

"سپرنٹنڈنٹ انکل ڈاکو شفّن کی کہانی سنائیے۔" نسیم نے بے صبری سے کہا۔

"اٹھارہ برس پرانی بات ہے۔ اس وقت میں صدر تھانے کا انچارج تھا۔" سپرنٹنڈنٹ صاحب نے کہنا شروع کیا۔ "یہاں سے تقریباً تیرہ میل دور چاند پور گاؤں میں شفاعت نام کا سترہ اٹھارہ برس کا ایک یتیم لڑکا رہتا تھا۔ اس کا کوئی بہن بھائی نہیں تھا۔ باپ نے اس کے لئے بہت سی جائداد چھوڑی تھی۔ شفاعت کا چچا اس کا سرپرست تھا۔ چچا لالچی تھا۔ وہ شفاعت کی ساری جائداد ہتھیانا چاہتا تھا۔ اس نے کرائے کے برے آدمیوں کی مدد حاصل کی۔ ان آدمیوں نے ایک رات اپنی سمجھ میں شفاعت کو جان سے مار کر گاؤں کے باہر سڑک کے قریب ڈال دیا۔ شفاعت کے جسم پر کئی چاقو لگے تھے۔ لیکن وہ مرا نہیں تھا۔ ایک رحم دل آدمی کسی ضروری کام سے نمٹ کر رات کے گیارہ بجے ہردوئی سے لوٹ رہا تھا۔ اس نے زخمی شفاعت کو دیکھا۔ اور اپنے ساتھ کار میں ڈال کر یہاں اٹھا لایا۔ اس نے شفاعت کو اسی وقت اپنے ایک ڈاکٹر کے سپرد کر دیا۔ ڈاکٹر نے شفاعت کو اپنے گھر رکھا۔ ڈاکٹر کے علاج اور اس کے رحم دل دوست کی تیمارداری سے کچھ دن میں شفاعت چلنے پھرنے کے قابل ہو گیا۔

"اس وقت تک شفاعت کو یہ گمان نہیں ہوا تھا کہ اس پر حملہ کرانے والا اس کا چچا تھا۔ اچھا ہونے پر رحم دل آدمی نے اسے گاؤں پہنچا دیا۔ چچا نے شفاعت کی گمشدگی کی رپورٹ قریبی تھانے میں لکھا دی تھی۔ وہ شفاعت کو صحیح سلامت دیکھ کر دل ہی دل میں آگ بگولا ہو گیا۔ چند روز بعد ایک رات چچا نے خود شفاعت پر خنجر سے حملہ کیا۔ وہ بھی اپنے خیال میں شفاعت کو جان سے مار کر گاؤں کے پچھلے سرے پر واقع آم کے باغ میں ڈال آیا۔ لیکن شفاعت اس بار بھی نہیں مرا تھا۔ اُسی رات اس باغ سے ڈاکوؤں کا گزر ہوا۔ وہ بے ہوش شفاعت کو اپنے ساتھ اٹھا کر لے گئے۔ اس بار شفاعت نے خود پر چچا کو حملہ کرتے دیکھ لیا تھا۔ وہ تندرست ہوا تو ڈاکوؤں کے ساتھ رہنے لگا۔ ڈاکو اسے شفّن کہنے لگے۔ ڈاکوؤں کا سردار اس سے بڑی محبّت کرتا تھا۔ دو تین برس میں اس نے شفّن کو ایک نڈر ڈاکو بنا دیا۔ اس نے شفّن کو مشورہ دیا کہ وہ چچا کے یہاں ڈاکہ ڈالے اور اسے جان سے مار ڈالے۔ لیکن شفّن نے یہ برا کام نہ خود کیا اور نہ کبھی سردار کو کرنے دیا۔ پندرہ برس کے بعد سردار سخت بیمار پڑا۔ مرنے سے پہلے

اس نے شفّن کو اپنی جگہ سردار بنا دیا۔"

سپر نٹنڈنٹ صاحب چُپ ہوئے تو جمال اور نسیم اور بیگم صاحبہ انھیں حیرت سے تک رہے تھے۔ سپر نٹنڈنٹ صاحب نے ڈاکٹر صاحب اور انجینئر صاحب سے پوچھا۔"اب تم لوگوں کو کچھ یاد آیا۔؟"

"یاد آگیا۔" ڈاکٹر صاحب نے پھیکی سی مسکراہٹ کے ساتھ کہا۔ "اٹھارہ سال میں شفاعت کا چہرہ اتنا بدل گیا ہے کہ اس کی تصویر سے ہم اسے پہچان نہیں سکے۔"

"انکل۔" جمال نے انجینئر صاحب کو مخاطب کیا۔

"جب شفاعت کے چچا نے پہلی بار اسے زخمی کر کے سڑک کے پاس ڈلوا دیا تھا تو کیا آپ ہی اسے اٹھا کر ڈیڈی کے پاس لائے تھے۔؟"

انجینئر صاحب نے اقرار میں سر ہلایا۔

"لیکن سپر نٹنڈنٹ صاحب ڈاکو شفّن کی تصویر دیکھ کر آپ نے اسے شفاعت کی حیثیت سے کیسے شناخت کر لیا؟" بیگم صاحبہ نے پوچھا۔

شفاعت کا حادثہ ڈاکٹر کی شادی سے پہلے کا ہے۔ اس لئے آپ کو پوری بات نہیں معلوم ہے۔" سپر نٹنڈنٹ صاحب نے کہا۔ "جب انجینئر صاحب شفاعت کو زخمی حالت میں ڈاکٹر کے پاس لائے تھے تو اس کی حالت نازک تھی۔ وہ مر بھی سکتا تھا۔ انجینئر اور ڈاکٹر نے مجھے بلا کر سارا واقعہ بتایا تھا۔ شفاعت کے تندرست ہونے پر میں نے اس کا بیان لے لیا تھا۔ میرا ارادہ اس معاملے کی جانچ پڑتال کرنے کا تھا۔ لیکن انہیں دنوں مجھے ترقی دے کر ایک دوسرے ضلع کو بھیج دیا گیا تھا۔ آج ڈاکو شفّن کی تصویر سامنے آئی تو اس کا چہرہ جانا پہچانا سا لگا۔ ذہن پر زور دینے سے اٹھارہ برس پرانا واقعہ یاد آگیا۔ انجینئر اور ڈاکٹر نے اس کی جان بچائی تھی۔ وہی ان دونوں کے لڑکوں کو اغوا کرنے کے بعد بغیر کوئی نقصان پہنچائے واپس کر سکتا تھا۔"

سپر نٹنڈنٹ صاحب کی بات پوری ہوئی تو ہر شخص سوچ میں ڈوب گیا۔ وہ اس بد نصیب لڑکے کی کہانی سن کر اداس ہو گئے تھے۔ جو ایک اچھا انسان بن سکتا تھا، لیکن

جسے اس کے چچا کے لالچ نے ڈاکو بنادیا تھا۔

اچانک سپر نٹنڈنٹ صاحب کی آواز نے ڈرائنگ روم کے سکوت کو توڑ دیا۔ وہ کہہ رہے تھے۔" ڈاکو شفّن نے ڈاکٹر اور انجینئر کی بھلائی کو یاد رکھ کر یہ ثابت کر دیا ہے کہ انسان چاہے اچھائی سے دور کتنا بھی چلا جائے، اچھائی اس کا پیچھا نہیں چھوڑتی ہے۔ یہ کہیں نہ کہیں انسان کے دل میں چھپی رہتی ہے اور موقعہ ملنے پر کسی روشن کرن کی طرح اس کے اندر سے پھوٹ پڑتی ہے۔"

(۱۹۷۷)

نئ زندگی

"ماں بتاؤ میں تمہارے لئے کیا کروں،،۔ ماجد اپنی بیمار ماں کے سینے پر سر رکھ کر رو پڑا۔

"بیٹے تم میرے پاس ہو، یہی میرے لئے بہت ہے۔ مجھے اور کچھ نہیں چاہئے،،۔ ماں نے اپنا کانپتا ہوا ہاتھ ماجد کے سر پر رکھ دیا۔

"نہیں ماں۔ مجھ سے تمہاری یہ حالت دیکھی نہیں جاتی،،۔ ماجد نے اپنے بال نوچتے ہوئے کہا" تم نے ساری زندگی میری زندگی سنوارنے میں لگادی، لیکن میں تمہارے لئے کچھ بھی نہیں کر سکتا۔ کتنا بد قسمت ہوں میں۔،،

خدا کی رحمت سے مایوس نہیں ہونا چاہئے بیٹے۔ اس پر بھروسہ رکھو کامیابی تمہارے قدم چومے گی۔،، ماں نے ماجد کو تسلی دی۔

ماجد اپنے والدین کا اکلوتا لڑکا تھا۔ باپ کو تو اس نے ٹھیک طرح سے دیکھا بھی نہیں تھا۔ ابھی وہ بہت چھوٹا ہی تھا کہ ان کا انتقال ہو گیا تھا۔ ماجد کے باپ کوئی امیر آدمی نہیں تھے اس لئے ان کے بعد ماجد کی ماں کو اس کی پرورش اور تعلیم کے سلسلے میں بڑی پریشانیاں اٹھانی پڑیں۔ وہ ایک باہمت عورت تھیں۔ جس طرح بھی ہو سکا انہوں نے ماجد کی پرورش کی ۔ خود بڑی سے بڑی دقتوں کا سامنا کیا لیکن ماجد کو پڑھاتی رہیں۔ سلائی اور کڑھائی کے سہارے پر وہ ماجد کی زندگی بنانے کے لئے جدو جہد کرتی رہیں۔ ماجد جیسے جیسے تعلیم حاصل کرتا گیا اپنے حالات کو سمجھنے لگا۔ ماں کو دن رات محنت کرتے دیکھ کر اس کا جی کڑھنے لگا۔ وہ جلد سے جلد اپنے پیروں پر کھڑا ہو کر ماں کے دکھوں کو اپنا لینا چاہتا تھا۔ ہائی اسکول پاس کرنے کے بعد اس نے ماں سے کہا کہ وہ آگے نہیں پڑھے گا۔ نوکری کرے گا تاکہ انہیں آرام مل سکے۔ لیکن ماں کے حوصلے بلند تھے۔ انہوں نے ماجد کو ایسا نہیں کرنے دیا اور اس کی تعلیم کو جاری رکھا۔

اور اب ماجد نے بی اے کر لیا تھا۔ اسے بی اے پاس کئے ہوئے چھ مہینے ہو چکے تھے۔ بی اے کرتے ہی اس نے نوکری کے لئے دوڑ دھوپ کرنی شروع کر دی تھی۔ کئی جگہ درخواست بھی دی، کئی جگہ انٹرویو میں بھی بلایا گیا لیکن ہر جگہ اسے ناکامی ہوئی اکثر جگہ ایسا ہوا کہ اس سے کم لیاقت کے لڑکے کو ملازمت دے دی گئی، کیوں کہ اس کے پاس کسی بڑے آدمی کی سفارش ہوتی تھی۔ ماجد کے پاس تو دعا اور آس کے علاوہ کچھ بھی نہ تھا۔

ایک طرف ماجد نوکری حاصل کرنے کی کوشش میں پریشان تھا۔ دوسری طرف ماں روز بروز کمزور ہوتی جا رہی تھیں۔ اب وہ بہت بوڑھی ہو گئی تھیں۔ آئے دن بیمار بھی رہنے لگی تھیں۔ انہوں نے جو تھوڑی بہت رقم جمع کی تھی، وہ ان کے علاج اور گھر کے دوسرے خرچ پر ختم ہو چکی تھی۔ ماجد کی الجھن دن دونی رات چوگنی بڑھتی جا رہی تھی۔ اس کے پاس اتنے پیسے بھی نہیں تھے کہ ماں کے لئے دوا ہی لا سکتا۔ اس نے دو ایک ٹیوشن کر رکھے تھے، لیکن وہ گھر کا خرچ چلانے کے لئے ناکافی تھے۔

ماں ماجد کو ہمیشہ تسلی دیتیں، اس سے صبر کرنے کو کہتیں۔ اسے سمجھاتیں کہ

خدا مشکلوں میں ڈال کر اپنے بندوں کا امتحان لیتا ہے۔ اس کی رحمت ہر ایک پر ہوتی ہے۔ بس فرق اتنا ہے کہ کسی پر جلدی ہوتی ہے، کسی پر دیر میں۔ ماجد کسی بچے کی طرح ماں کی باتوں سے بہل جاتا تھا۔ لیکن آج ماں کی تسلی بھی اسکی بے چینی کو دور نہ کر سکی۔ جن ہاتھوں نے بڑے بڑے طوفانوں میں بھی دوسروں کی مدد گوارہ نہ کی تھی۔ آج وہی ہاتھ دوسروں کے سہارے کے محتاج ہو گئے تھے۔ آج ماجد نے زندگی میں پہلی بار اپنی تنگ دستی سے مجبور ہو کر ایک پڑوسی سے کچھ رقم ادھار لی تھی۔ اور جس وقت اس نے قرض لیا تھا، تب ہی سے اس کے سر پر ایک بوجھ سا سوار ہو گیا تھا۔ اسے محسوس ہو رہا تھا جیسے وہ اس بوجھ تلے پس کر رہ جائے گا۔ وہ سوچ رہا تھا کہ اس نے چودہ سال بے کار ضائع کئے۔ تعلیم زندگی کو کامیاب نہیں بناتی ہے۔ زندگی تو ان کی کامیاب بنتی ہے جن کے بازوؤں میں قوت ہوتی ہے جو دوسروں کا حق چھین سکتے ہیں۔ ان باتوں کے ساتھ ساتھ ماجد کے دماغ میں ایک نیا خیال بھی جنم پا رہا تھا۔ ایک ایسا خیال، جس پر عمل کرنا ماجد کے لئے ناممکن سا لگتا تھا۔ لیکن وہ خیال ماجد کے دماغ میں گھر کرتا گیا، جمتا گیا، مضبوط ہوتا گیا اور پھر ماجد نے اس پر عمل کرنے کا فیصلہ کر لیا۔

رات آدھی گزر چکی تھی۔ شام کو تھوڑی دیر کے لئے بارش ٹوٹ پڑی تھی۔ پھر پانی کا زور کم ہو گیا تھا۔ اس وقت بہت معمولی بوچھار پڑ رہی تھی۔ سارا آسمان بادلوں سے ڈھکا ہوا تھا۔ ہر طرف تاریکی اور سناٹے کا راج تھا۔

ماجد اپنے گھر سے بہت دور ایک گلی میں ایک مکان کی دیوار سے لگا کھڑا تھا۔ دیوار زیادہ اونچی نہیں تھی۔ بوسیدہ ہو جانے کی وجہ سے اس کی اینٹیں بھی جگہ بہ جگہ نکلی ہوئی تھیں اور اس پر چڑھنا دشوار نہیں تھا۔

ماجد تھوڑی دیر ادھر ادھر دیکھتا رہا گلی بالکل سنسان پڑی تھی۔ وہ احتیاط کے ساتھ دیوار پر چڑھنے لگا۔ چند لمحوں کے بعد وہ اوپر پہنچ گیا۔ اب ماجد نے مکان کے اندر کا نقشہ دیکھا۔ آنگن میں اندھیرا تھا۔ ایک طرف کمرے کے بند دروازے کی درازوں میں سے ہلکی روشنی چھن رہی تھی۔ صحن کے فرش سے دیوار کی منڈیر زیادہ

اونچائی پر نہیں تھی۔ ماجد نیچے کود پڑا۔ کودنے میں اس کا پیر فرش پر پڑی ہوئی کسی ایسی چیز سے ٹکرا گیا جس کی وجہ سے ایک زور کا کھٹکا ہوا۔ ماجد کا دل بڑے زور سے دھڑکا۔ وہ جلدی سے قریب کھڑے ہوئے نیم کے پیڑ کی آڑ میں ہو گیا۔ فوراً بعد اس نے کمرے کے پٹ چرچرانے کی آواز سنی۔ صحن میں روشنی پھیل گئی۔ پھر روشنی ماجد کی طرف بڑھنے لگی۔ اس کے پیر سن ہونے لگے۔ دل بلیوں اچھلنے لگا۔ اچانک روشنی بالکل قریب آ گئی۔ دوسرے ہی لمحے ماجد کے سامنے ایک لڑکا ہاتھ میں لالٹین لئے کھڑا تھا۔ لڑکے کی عمر سولہ سترہ سال سے زیادہ نہ رہی ہو گی۔ ماجد کو دیکھ کر اس کے منہ سے ایک گھٹی گھٹی سی چیخ نکلی۔ لیکن اس سے پہلے کہ اس کی آواز بلند ہوتی ماجد نے ہمت کی اور آگے بڑھ کر سختی سے اپنا ہاتھ اس کے مونہہ پر رکھ دیا۔

"اگر شور کیا تو گلا گھونٹ دوں گا"۔ ماجد نے سفاک لہجے میں کہا "گھر میں جو رقم ہو، خاموشی سے میرے حوالے کر دو"۔

"گھر میں کوئی بڑی رقم نہیں ہے صرف دس روپے ہیں"۔ لڑکے نے مونہہ پر سے ماجد کا ہاتھ ہٹا کر کہا۔

"جھوٹ مت بولو"۔ ماجد نے سخت آواز میں کہا "گھر میں کون کون ہے"۔

"میں جھوٹ نہیں بولتا۔ گھر میں میرے اور میری ماں کے علاوہ کوئی نہیں ہے"۔ لڑکے کی آواز میں بھی ہلکی سی سختی تھی۔

"ماں کیا کر رہی ہیں"۔ ماجد نے لڑکے کو گھورتے ہوئے پوچھا۔

"سو رہی ہیں"۔

"چلو میں تمہارے ساتھ چلتا ہوں۔ روپے مجھے دے دو"۔ ماجد نے کہا "اگر شور کرنے کی کوشش کی تو......"

لڑکا پلٹ کر چل دیا۔ پھر وہ کمرے میں داخل ہو گیا۔ ماجد بھی اس کے پیچھے خاموشی سے اندر آ گیا۔ لڑکا ایک کونے میں پڑے ہوئے صندوق کی طرف چلا گیا اور ماجد کمرے کا جائزہ لینے لگا۔ کمرے کی حالت سے رہنے والوں کی غربت ظاہر ہو رہی تھی۔ وہاں دو پلنگ تھے۔ ایک پلنگ پر لکڑی، پینٹ اور دوسرا بہت سادست کاری کا

سامان پڑا ہوا تھا۔ پلنگ پر ایک ادھوری بنی ٹوکری بھی رکھی تھی۔ دوسرے پلنگ پر شاید لڑکے کی ماں سو رہی تھی۔ اس کا چہرہ چادر میں چھپا ہوا تھا۔

چند لمحوں کے بعد لڑکا ماجد کے قریب آیا۔ اس کی انگلیوں میں نوٹ کانپ رہے تھے۔ اس نے نوٹ ماجد کی طرف بڑھائے پل بھر کو ماجد کو محسوس ہوا جیسے وہ نوٹ نہیں، کسی زہریلے سانپ کا پھن ہیں جن کے چھوتے ہی وہ مر جائے گا۔ وہ کشمکش میں پڑ گیا۔ لڑکے کا ہاتھ کچھ اور اس کی طرف بڑھا۔ ماجد کو اپنی حالت یاد آگئی۔ کشمکش ختم ہو گئی۔ اس نے نوٹ لے لئے۔

" طاہر بیٹے پانی۔ ،،

پلنگ پر لیٹی ہوئی عورت کی کمزور آواز سن کر ماجد چونک پڑا۔ لڑکا جس کا نام طاہر تھا، پلنگ کے پاس پہنچا۔ پلنگ کے قریب رکھی ہوئی میز پر سے اس نے دوا کی شیشی اٹھائی اور پیالی میں دوا انڈیلی ۔ پھر اس نے عورت کے چہرے پر سے چادر سرکائی۔ عورت کافی ضعیف تھی۔ رخساروں پر جھریاں پڑی ہوئی تھی اور چہرے سے نقاہت ٹپک رہی تھی۔ اس کی آنکھیں بند تھیں۔ ماجد احتیاطاً ایک طرف سرک گیا تاکہ آنکھیں کھلنے پر عورت کی نظر اس پر نہ پڑے۔

طاہر ماں کو دوا پلا کر اسے دوبارہ اچھی طرح لٹا کر ماجد کی طرف پلٹا تو ٹھٹک گیا۔ ماجد کی آنکھوں میں آنسو چھلک آئے تھے۔ ماجد خاموشی سے کوٹھری سے نکل آیا۔ طاہر بھی اس کے پیچھے باہر آگیا۔

"کیا بات ہے تمھاری آنکھوں میں آنسو کیسے آگئے۔ ،،

طاہر نے پوچھا۔

" دوست مجھے معلوم نہیں تھا ۔ تم بھی میری ہی طرح مصیبت کے مارے ہو۔ ،، ماجد نے کہا اور اس کے دئے ہوئے نوٹ واپس کر دئے۔

" آخر بات کیا ہے۔ تم اتنے پریشان کیوں ہو۔ ،، طاہر نے پوچھا۔

ماجد نے اسے اپنے بارے میں سب کچھ بتا کر کہا " ماں سمجھتی تھی کہ میں پڑھ

لکھ کر نوکر ہو جاؤں گا اور اسے آرام ملے گا۔ لیکن مجھے چودہ سال کی تعلیم سے وقت کی بربادی کے علاوہ کچھ نہیں ملا۔،،

" اگر چودہ سال کی تعلیم چوری کرنا سکھائے تو واقعی اس سے کوئی فائدہ نہیں۔،، طاہر نے کہا "لیکن ایک بات ہے۔ تعلیم صرف روزی کمانے کا ذریعہ نہیں ہے۔ تعلیم کا سب سے بڑا مقصد تو انسان کے دل و دماغ میں اچھائیوں کو ابھارنا ہے۔،،

ماجد اس طرح طاہر کو دیکھنے لگا جیسے اس کی بات کو سمجھنے کی کوشش کر رہا ہو۔ طاہر بولا" مجھے دیکھو۔ میرے حالات بھی تمھارے ہی جیسے ہیں۔ میرے باپ بھی بچپن میں ہی مر گئے تھے۔ ماں نے مجھے پالا پوسا ہے۔ میں آٹھویں درجے سے آگے نہیں پڑھ سکا۔ لیکن بڑی سے بڑی مشکل میں بھی میں نے کسی بے ایمانی کے بارے میں نہیں سوچا۔ مجھے کئی طرح کی دست کاری آتی ہے۔ اس سے کچھ نہ کچھ کما لیتا ہوں۔،،

" ٹھیک کہتے ہو دوست۔ میں غلطی پر تھا۔،، ماجد نے کہا۔

"اگر تم چاہو تو میرے ساتھ مل کر کام کرو۔ میں تمہیں بھی دست کاری سکھا دوں گا۔ تمہارے ہونے سے کام بھی زیادہ ہوگا۔ اور آسانی بھی ہو جائے گی۔،،

" میں تیار ہوں۔،، ماجد نے فوراً کہا۔

اس کے بعد تھوڑی دیر تک دونوں ایک دوسرے سے مشورہ کرتے رہے۔ پھر ماجد چلنے کو تیار ہو گیا۔ طاہر اسے چھوڑنے کے لئے دروازے تک آیا۔ رخصت ہونے سے پہلے طاہر نے روپے زبردستی ماجد کی جیب میں ڈال دئے۔

ماجد سڑک پر پہنچا تو پانی کی بوچھار ختم ہو چکی تھی، بادل چھٹ چکے تھے اور آسمان پر ستارے چمکنے لگے تھے۔

اس بات کو اب کئی برس گزر چکے ہیں۔ طاہر کی محنت اور ماجد کی تعلیم نے ان کے کاروبار کو خوب چمکا دیا ہے۔ انہوں نے شہر کے صدر بازار میں ایک اچھی سی دست کاری کی دکان کھول لی ہے اور ان کی اور ان کی ماؤں کی زندگی بڑے آرام سے

گزر رہی ہے۔

اب ماجد کی سمجھ میں یہ بات اچھی طرح آگئی ہے کہ تعلیم محض روزی کمانے کا ذریعہ نہیں ہے بلکہ اس کا مقصد انسان کو اس قابل بنانا ہے کہ وہ ایک مثالی زندگی گزار سکے۔

(۱۹۶۷)